U1020153

彼岸花开

上天将你赐予我时，
我本打算用一生的时间专心做一件事，
牵你的手，陪你一程一程地走。
哪怕有朝一日我老了，
走不动了，
也会坐在斜阳浅照的石阶上，
用目光温暖你。

江东风／著

谨以此书纪念我的儿子
生世，你也来过

江禹辰
（2010年3月20日—2015年1月16日）

知识产权出版社
全国百佳图书出版单位

图书在版编目（CIP）数据

彼岸花开 / 江东风著. -- 北京：知识产权出版社,2015.11（2016.1重印）
ISBN 978-7-5130-3765-5

Ⅰ.①彼… Ⅱ.①江… Ⅲ.①诗集－中国－当代Ⅳ.①I227

中国版本图书馆CIP数据核字(2015)第216830号

内容提要

上天将你赐予我时，我本打算用一生的时间专心做一件事，牵你的手，陪你一程一程地走。哪怕有朝一日我老了，走不动了，也会坐在斜阳浅照的石阶上，用目光温暖你。可是，“世间好物不坚牢，彩云易散琉璃脆”，人世间哪有小说或童话故事那样的结局：“从此，他们永远快快活活地一起过日子。”我们最终还是这么轻易地失散了，剩下我在命运的十字路口顾望徘徊，黯然神伤。你可能注定是超凡脱俗的天使，“拣尽寒枝不肯栖”的，心里面怀着莺飞草长的年少欢欣，一时间忘情了，只留给世界一个背影。可就这背影也咫尺天涯，我伸手难够，遍寻不得。一个人的旷野被寂寞冷风裹挟，无边无际无着落。殊不知，我已是日暮途穷的羁旅倦客，白天想着夜的黑，何处才是归途？

责任编辑：李　娟

彼岸花开

BIAN　HUAKAI

江东风　著

出版发行：	知识产权出版社有限责任公司	网　　址：	http：// www. ipph. cn http：// www. laichushu. com
电　　话：	010－82004826		
社　　址：	北京市海淀区马甸南村1号	邮　　编：	100088
责编电话：	010－82000860转8594	责编邮箱：	aprilnut@foxmail.com
发行电话：	010－82000860转8101 / 8539	发行传真：	010－82000893 / 82003279
印　　刷：	北京科信印刷有限公司	经　　销：	各大网上书店、新华书店及相关专业书店
开　　本：	720mm×1000mm　1/16	印　　张：	9.25
版　　次：	2015年11第1版	印　　次：	2016年1月第2次印刷
字　　数：	120千字	定　　价：	39.80元

ISBN 978－7－5130－3765－5

出版权专有　侵权必究
如有印装质量问题，本社负责调换。

寄往天堂的信（代序）

添添，我亲爱的孩子：

写这段文字时，正值2015农历羊年二月初五，你已五周岁。这个生日，没有父母的陪伴，没有家人的簇拥，也没收到蛋糕和祝福，孤孤单单的你过得快乐吗？还幸福吗？

五年前的今天，是你的生辰。上天将你赐予我时，我本打算用一生的时间专心做一件事，牵你的手，陪你一程一程地走。哪怕有朝一日我老了，走不动了，也会坐在斜阳浅照的石阶上，用目光温暖你。

可是，"世间好物不坚牢，彩云易散琉璃脆"，人世间哪有小说或童话故事那样的结局："从此，他们永远快快活活地一起过日子。"我们最终还是这么轻易地失散了，剩下我在命运的十字路口顾望徘徊，黯然神伤。

你可能注定是超凡脱俗的天使，"拣尽寒枝不肯栖"的，心里面怀着莺飞草长的年少欢欣，一时间忘情了，只留给世界一个背影。可就这背影也咫尺天涯，我伸手难够，遍寻不得。一个人的旷野被寂寞冷风裹挟，无边无际无着落。殊不知，我已是日暮途穷的羁旅倦客，白天想着夜的黑，何处才是归途？

人生的有些路是注定要一个人走的。往者不可留，逝者不可追。1763个日子在生命中已然定格，却承载了过往相濡以沫的温馨，辗转奔波的艰辛和人世无常的悲欢……一路走来的记忆好沉好重，就留下让我背负吧。你的下一站，轻松，快乐，幸福！

我不畏惧朱颜迟暮，岁月终老。可我害怕落单的你走得远了，不再记起回家的路；害怕我步履蹒跚，垂垂老时，炉火旁已认不出你！

你，请一定一定记着，曾经有那么一个人，在1763个日日夜夜逗你玩过，陪你疯过。那是我们父子在云上的日子，岁月静好，有苦也甜。

孩子，想和你再拉一次勾勾，“一百年不许变”！前尘后世，等你，等我，剩下的时光我们还做永世的父子。

没有你的2015，春天姗姗来迟。繁花落尽，一身憔悴仍在风里。唯有枝头暗香依旧，分明记忆着那时花开。

永远想你爱你的爸爸

2015年3月24日夜

四岁半的我

目 录

艰难的选择

那年腊月，考虑到临近春节可能影响正常孕检，妻说，去做个B超吧，好安安心心过个年。由于此前孕检一直正常，我们也没多想，便例行去了县中医院，检查结果还好。

也许是冥冥中有不安，妻又说，再去县医院做个彩超吧，彩超比黑白超清晰。于是转而又去县医院。这一去，没想到就开始了此后一直忧心忡忡的日子。

记得妻腆着大肚子躺在检查床上，医生熟练地涂抹凝胶，B超探头在肚皮上不断划拉着，电脑屏幕显示着在外行看来略嫌模糊的胎儿轮廓，我一会儿看看屏幕，一会儿盯着医生的脸，想从中找到期待的结果。时间一分一秒地过去，检查过程异常的长，医生表情也越发严肃。意想不到的结果最终还是出来了，胎儿心脏区有高超声回波！

我和妻一下子懵了，不知所措，更不明白B超检查单那团白絮状的影区意味着什么。检查医生也说不出所以然，只是建议我们去外地大医院作进一步诊断。

其时离过年只有两三天的时间，年前去外地已不现实。我和妻无奈，商量的结果是一切等年后再说。惴惴不安中我们办着年货，开始做去乡下过年的准备。

2010年春节，在此起彼伏的鞭炮声中，一家人心事重重而又忐忑不安。我们反复咀嚼着医生的初判：可能状况不好，但说不出所以然；也可能不说明什么，网上好像也有类似好的情况。

妻的态度很明朗，怀胎这么长时间，个中辛苦自知，加上怀揣多少憧憬和希冀，说不要就不要，自然不甘心。这或多或少也代表着我的心理。我们的意见不约而同，渐趋一致，那就是走一步看一步，尽最大努力保全。

临近预产期前几天，我陪妻先行到池州市医院住下待产。待产的日子里无所事事，医院附近的公园是我们经常散步的地方。我曾用手机为妻录了一段视频，采访式的，妻“答记者问“似描绘了对未来美好的向往和期待。这段视频我一直珍藏着，原本等将来孩子大了回放给他看，想也美妙和珍贵。

住院待产的日子短暂而又漫长，我和妻怀揣的希望满满，侥幸多于担忧。

预产期过了好几天，妻的肚子还是没动静。我们有些着急，找医生商量，医生说可以催产。3月20日下午，医生按照我们意见在做准备，那就是能顺产就尽量顺产。

催产针下去后，不长时间妻的肚子开始疼起来，监测胎儿心率和血压仪器上数字不停地跳动。随着疼痛加深，生产的指征越来越明显。可不好的情况还是出现了。医生说目前监测的情况已不适合自然分娩，胎儿心率和血压都很低，肯定受不了。

医生找我们谈话，给了两个选择：一是选择剖腹产；二是孩子不要了。期间描述绘声绘色:怎样用一根长长的针,通过产道插入胎儿头脑捣搅……

听不下去了!不难想象那是多么的残忍和血腥,我和妻毫不犹豫选择了前者。那时我们坚信,无论将来迎接的是什么状况,孩子未知的病总能治好。我们不缺勇气,无惧苦难。

多年后,我多少次紧紧搂抱着心爱的儿子,庆幸当初的选择是多么正确。可如今儿子遍尝人世之苦后还是走了,回想起当初的选择,又不知究竟是错还是对?

人生的这一局我虽然赌得满盘皆输,只能认命。但我依然不悔,人性照亮生命的鲜活,又怎忍决绝有呼有吸的灵与肉?假如时光倒流,命运重给我一次选择的机会,相信我仍是犹豫和徘徊。

此后的路,也许就在当初选择的那一刻早已铺就。

你，请一定一定记着，曾经有那么一个人，在1763个日日夜夜逗你玩过，陪你疯过。

@2013.3.16

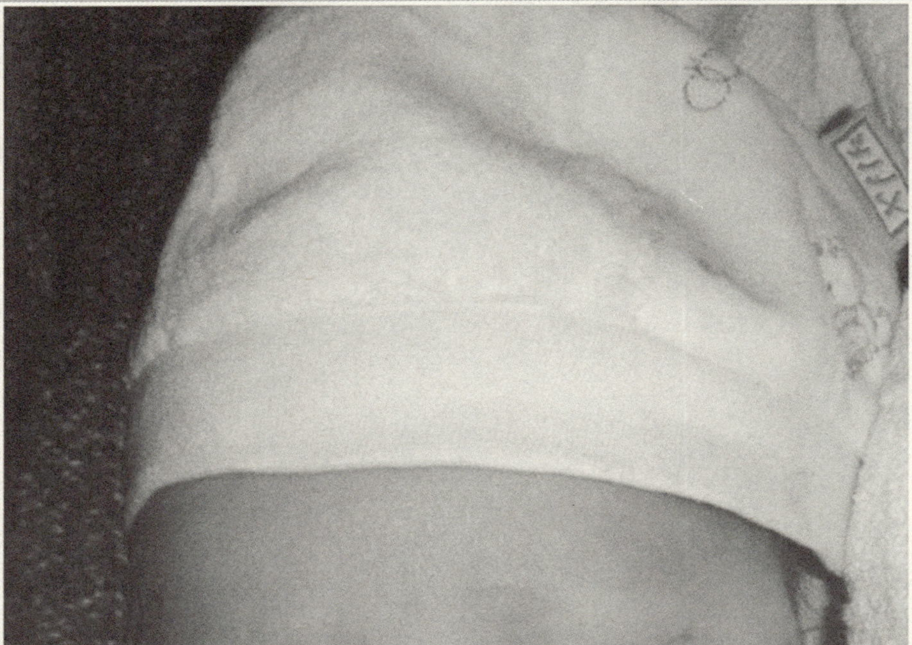

儿子出生第4天
@2010.3.24

儿子初来人世

多年以前，有人曾给父亲算过命，说他命里带孙。我是他的独子，其时已成家，育有一女，按政策是不能养二胎了。因而都觉得算命的说法荒诞，不足为信而一笑置之。

可命运总是无常，2003年我和前妻的婚姻走到了尽头。一年后，经人介绍认识了现在的妻，2005年我们结婚，五年后才有了现在的孕育，我们倍加珍视。怀孕后期当得知是男孩时，一家人联想到算命先生的一语成谶，不禁由衷感叹命运的不可捉摸和冥冥定数。

2010年3月20日15时12分，我的儿子，就这样在一家人无比欢欣的期盼中来到人世了。

儿子生下时七斤四两，粉嫩如脂，闭着双眼也不怎么哭，出奇得乖。印象最深的就是湿漉漉的身体、塌塌的鼻梁，尤其是宽敞的前额，我似乎看到了一个缩小版的我，没有陌生，只有亲切。

护士抱给我时，说情况还好，让我紧绷的神经稍微松弛了些。

我知道，情况还好，不证明就没有问题。产科医生只是外观上的粗略检查，没有畸形或缺胳膊少腿，哭声响亮就算还好。我抱着用棉被包裹的儿子，先是儿内科，主任医生听出孩子的心脏确实有杂音。然后转去B超室，超声检查报告可能是黏液瘤或横纹肌瘤!担忧的乌云渐渐笼罩心头,人已木然。

鉴于儿子的特殊病情,医生作了进ICU(重症监护室)观察几天的安排。说是ICU,其实就是一间约30平方米的房间,整齐排列着十多个透明的氧气舱,舱体是封闭的,里面躺着一个个如我儿子一样不幸的小天使。外间是隔离室,是医护人员交接班和接待病人家属拿送物品的地方。我就是站在那里,将儿子交到护士手中,生生隔离的。

进ICU需办理相关手续,乘这间隙,我又抱起儿子寻到病房里的妻,给孩子喝上人生第一口奶水。初为人母,妻的奶水很少,儿子稍被引导就知道努力吮吸着,动作生疏又似老练。那一刻的动情画面,我想就是世界上最伟大的画家也描绘不出。可这样温馨场景并没有持续多久,儿子便进了ICU。

那几天能做的,就是服侍产后的妻。每每看到病房里一对对母子相拥、撩衫哺乳的画面,我就想起ICU里我的儿子,或许此刻只在孤独地吃着奶粉。我们之间血脉亲情早已不知不觉紧密相连,再也分不开了。

那几天,我还开始潜心研究起医学。心脏还长肿瘤?什么是黏液瘤,什么是横纹肌瘤?从没听说过的医学名词交替困扰着我。那时,乡镇工作的妹在市直机关挂职,单位安排的一间宿舍临时让给了我住。我躺在单人床上,夜夜心神不宁,辗转反侧,整宿难眠。

心脏肿瘤良性的居多;但黏液瘤长在心脏内随时可能破裂,碎片堵塞血管就有生命危险;横纹肌瘤个体大小不一,在心室或心房会阻碍血液流动,影响心功能。从掌握的病例来看,黏液瘤居多。以上知识都是医生给我普及的,上网检索也得到了证实。

想到儿子随时可能有生命危险,我再也坐不住了。当初“尽人事,听天命”的想法早已抛到脑后,为儿子的将来与命运搏一搏的意识越来越强烈。特别是看到网上说上海儿童医学中心做过多例初生儿先天性心脏病手术的报道,我们一家经过反复权衡,都积极支持我带儿子去上海求诊。

取名“宇皓”，小名“添添”

3月24日，儿子出生第四天，妻还在医院，我已经迫不及待做去上海的准备。安顿好妻后，妹抱着刚出院的孩子，和我开车回石台的家。

池城到石台，过了一个名叫高坦的地方就分支为S221和S325两条省道。S221是新道，过去我们常走，路况好，节省时间，池城到石台只需一个小时左右。而S325则是老路，两个小时的县、乡道交替变换，坑坑洼洼不太好走，不过途中可经过我的老家。自母亲2004年来城里帮我带女儿起，父亲就独自守住在老家。我决定走老路，在儿子去上海之前让爷孙俩见个面。毕竟，上海之行吉凶未卜，我不知道等待儿子的是什么结局。

进门的那一刻，我原本以为父亲会很激动和喜悦，毕竟是家里又添人丁，年已65岁的他如今脚下有了男孙，应该值得欣慰。可父亲的反应很平淡，说“家来啦”，惯例性的和我们打了招呼。

“大（我们老家对父亲的称呼），您有孙子啦！”我抱着儿子热切地凑到父亲面前。

“哦，长得好看，像你。”

父亲简短地回应了我，又没多少话，似乎无目的地找寻什么，慢腾腾地上了楼。我心里隐约有点失落，看着一会儿下楼的父亲手里并没拿着什么。

多年后有段日子，儿子病情较为稳定，一家人心情难得大好，于是聚在一起轻松闲聊。父亲这才告诉我，其实那一刻想到孩子出生就这么命苦，他早已喉咙发硬。因为不想在儿女面前抽泣，只得狠劲压抑着自己，躲到楼上偷偷抹泪了。

父亲一生耿直刚强，一身正气，对下一代管教极为严格，也寄予厚望。给我取名，寓意是“东风压倒西风”，妹则从“世英”改成“东云”，而后又改为现在的名字，期望一生能朝气蓬勃、有所作为。现在我的儿子出世，父亲倍加重视，反复叮嘱我一定要给起个好名。

我们也都算是半个唯物论者，不太迷信。但这之间如果寄寓了世代天生传承的情感和愿景，则自然宁可信其有，不愿信其无了。

于是，我们找来《姓名学》一书，恶补了周易和天干地支知识，研究起“天格、地格和人格”，还翻遍了《新华字典》所有的“好”字。2010年江南草长莺飞的季节，在25W不太明亮的昏黄灯光下，“宇皓”这一名字渐渐清晰。

“宇”，指空间世界，浩渺广阔；“皓”意洁白，明亮。期望我的儿子有开阔的胸襟，高尚的品格。我不知道这个名字起得有多好，可能是仁人见仁、智者见智，但“宇皓”一词确实承载了一家人对家族后代成员的无限希冀和美好愿望。

后来，我还给儿子取了小名“添添”，添人添丁之意，也得到了家人认可。

“添添”，就这样被家人渐渐叫顺口了。可“宇皓”，却不曾想一路伴随着即将上海之行24天的胆战心惊和日日煎熬。

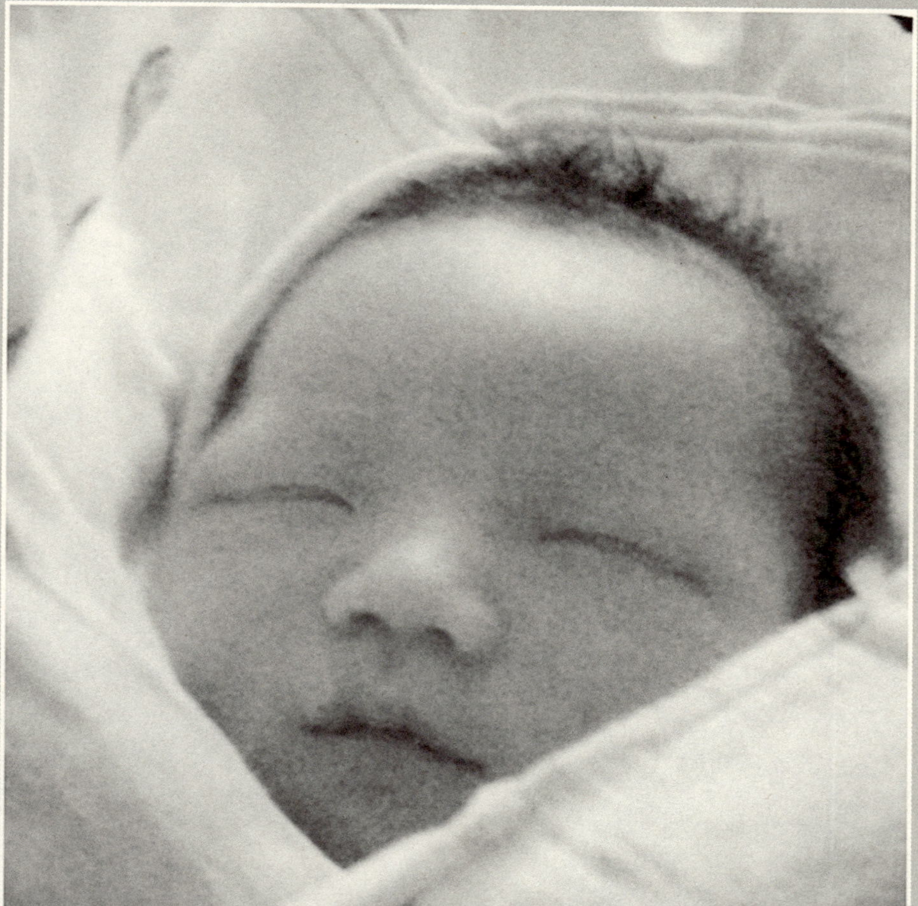

儿子出生第2天

儿子生下时七斤四两，粉嫩如脂，闭着双眼也不怎么哭，出奇得乖。我似乎看到了一个缩小版的我，没有陌生，只有亲切。

@2010.3.22

父亲添孙子，时年 65 岁。
@2014.3.6

赴上海前后

妻分娩后在池城还没有出院，岳母照料着。母亲则在老家的县城陪读我上小学的女儿。看到家中人手紧张，妹主动请缨，丢下单位工作请了假，和我一同收拾行李准备去上海。

都说到上海大医院看病不容易，挂号难、找专家难、住院难，个中辗转艰难自不待言。有的医生还索要红包，说是二三千元都不看在眼里。想到全家当时抖落也不过四五万元家底，我不禁心生焦忧。好在“难时遇贵人”，时任家乡行政级别最高的一位领导，偶然听说我的遭遇后，非常同情，主动打电话帮忙联络，让我得以辗转联系到上海儿童医学中心刘锦纷院长，给后来的上海之行带来诸多便利。

接下来，便是确定行程，预订车票，准备物品，拼凑就诊费用……2010年3月25日，怀揣包括借来的7万元现金，妹陪我带着出生才5天的儿子终于踏上去上海的路途。

那天清晨，母亲泪眼红红地送别我们，大巴车缓缓起动了。妹用小棉被包裹好儿子横抱在怀里，我则在一旁不时照料着，喂水、调奶粉、更换尿不湿……

八个多小时路途，儿子一觉一觉地酣睡，间隔醒来时咿呀哭啼。

“莫不是饿了，喂点奶粉吧。”妹说。

“怎么还哭？是不是又饿了？”

“奶粉可能调稀了，再浓点。”

每当儿子哭时，我们都很紧张，于是奶粉一勺一勺地加。到上海时，我们发现一盒100克包装的奶粉已所剩无几了。后来每每想到此事，我都非常内疚。由于我们缺乏经验，判断失误，儿子到上海的当天夜里就得了小肚膨胀、消化不良。

邻近上海，已是傍晚六点多，夜幕渐渐低垂，华灯初上。暗黑的车厢没有喧闹，周边的人们都在默默整理行囊做下车的准备。我和妹守着儿子静坐无语，呆呆注目窗外过眼的都市繁华。

车子终于到站了，等车厢里的人走空后，我和妹抱起儿子也相继下了车。迎上来的是一群“黑车”司机，热情地打听我们的目的地。

我们初到上海，路不熟，加上抱着儿子，拎有大件行李，也只有准备坐出租车。一番讨价还价过后，花了60元，我们从浦西到了浦东。“黑车”司机还算负责，绕着上海儿童医学中心兜了一圈，找到一处离医院最近的宾馆才丢下我们。

宾馆住宿价格不菲，硬件条件在我们老家可能连二星级也算不上，叫价却要200多元一晚。为了儿子能早点安歇，我们还是咬牙住下了。

那一夜，我们草草洗漱，就一直守着儿子。儿子很不耐烦，妹说，孩子肚子有点膨，可能是奶粉吃多了。我们都很忧心，可也没好办法,甚至一度准备夜里去挂急诊。

妹让我先睡,说明天还有一大堆事呢。她坐在床上,手轻轻按摩着儿子的肚子帮助消化,几乎一夜无眠。后半夜,儿子的状况才慢慢转好,逐渐正常了。

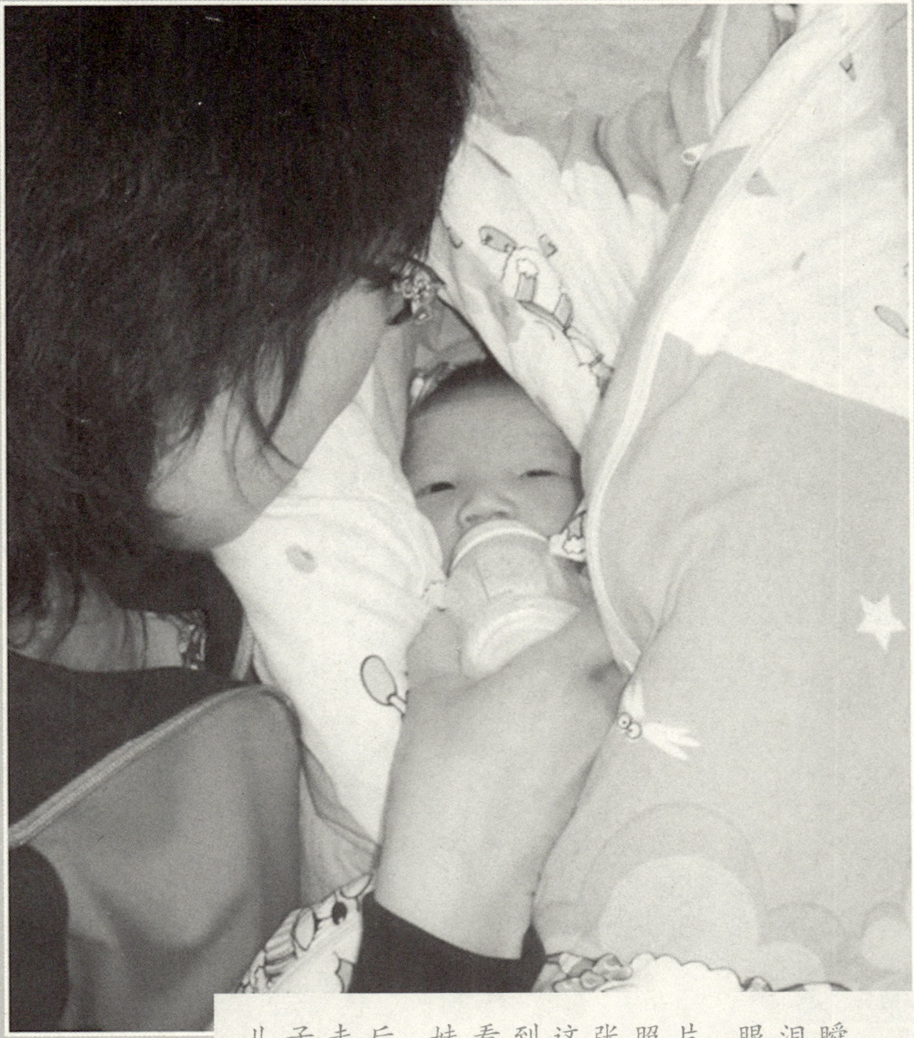

儿子走后，妹看到这张照片，眼泪瞬间夺眶而出。往事历历在目，不胜唏嘘，她说“添添永远是她的侄子！”
我的儿子，妹一直以来疼爱有加，视如己出。

@2010.3.25

上海儿童医学中心，妹抱着我的儿子在等候办理入院手续。那时，儿子出生才5天。

@2011.3.25

见到专家

刘锦纷，上海儿童医学中心院长，主任医师，享受国务院政府特殊津贴，曾在美国费城儿童医院、波士顿儿童医院、英国Great Oremod儿童医院进修过，是一位在国内外小儿先心病领域享誉盛名的资深专家。这次到上海，我将儿子与命运的赌注全押在他身上，期待他能给儿子一个未来。

早在来上海的车上，我就试图与他联系。接电话的是他的助手，回信息说他正在手术室主刀，让迟点联系。

稍后发了几次信息，回复仍是叫等。出于礼貌，我再也不好频繁地发信息了，只有耐下性子。

我还是有点焦急，心想如果头天不能约定，时间浪费就是一天。我们在上海居大不易，无论是时间、精力还是财力，我们都耗不起。

这次出发前，我们也曾多方打听过，在上海大医院动手术，基本上一周左右就能叫你回家。这主要基于医生医术高、医疗设备先进，再说还有全国各地来的病号正在后面排队等入呢。于是，我想当然作了7天左右的心理预期。正是这个错误的判断，让我后来在上海20多天里吃了不少苦头。不过，这是后话。

刘院长的信息，像盼星星盼月亮一样，最后还是盼到了。不过，仍是其助手发的，说让第二天直接去办公室找他。这一次浅接触，我感觉他似乎有点耍大牌。直到后来见面，我才知道他真的不是矫情，医学研讨、部门例会、门诊、专家会诊、术前准备及多台手术的亲自主刀，加上其行政职务需要参加的学术交流和社会活动，每一天都被塞得满满当当。

我很感激他第二天如约挤出时间见了我们。去其办公室的路上，看到门诊楼在排队挂号的黑压压人群，才深知他已为我提供了不少方便。

就诊是在他办公室旁边的一个会议室里就地进行的，看来他刚刚在这里结束一个会议。病史询问、肢体检查、听诊……时间很短，检查便结束了。基本确定是心脏横纹肌瘤，具体结果要等术后切片化验。但必须马上住院是毫无疑问的了，他马上拿起手机开始给我联系住院部。

入院过程应该是很轻松顺利的，医院病床原本紧张，人满为患，他给我安排了临时加床，走的应该算是“绿色通道”。然后“阿姨”（医院里处处可见的护工，大家都这么称呼）领着我们穿行于不同的大厅和窗口，快捷地办好所有手续。后来有患儿家长惊讶于我们入院的神速，他说经常有人一个多星期也住不进去，最长还有一个多月的。我庆幸没有如此遭罪。

3月26日，我的儿子，就这样被护士抱进封闭式的特护病房，又与我们分开了。

2015 年春天，老家山边花依旧绽放，可蜿蜒的小路上已找寻不见我心爱的儿子了。

寻找出租房

为了节省有限的看病钱，我和妹开始计划着搬出宾馆，去寻一处收费较为便宜一点的居所。好在此前看到医院里有许多“小房东”手里拿出名片，见人就发。名片上醒目标着小旅馆配备的热水、电视机、燃气灶等生活设施，一天收费也就在50元上下。这些所谓的旅馆基本上隐没在医院周边居民小区里，大多是家庭住宅改造，专门提供给外地来看病的特殊群体。

于是，我和妹又折回医院，在人头攒动的人群里和一发名片的房东接上了头，谈妥价格，便动身去看房。那是一个高个中年男人，姓节，皮肤黝黑，长相敦厚，热情地在前头领路。我和妹保持着本有的戒心，紧随着前面骑自行车载着我行李的他。一度他下坡时骑得稍快，我们便有些紧张，生怕他带着我的拉杆箱跑了。

出医院大门，顺着人行道转过斑马线，再过红绿灯，进居民小区，七弯八绕约十几分钟后，终于进了一幢高层公寓。我所担心的状况没有发生，老节领着我们进了十四层居所。

这是一套三室两厅的房子，里面已经住满了人，老节给我们在阳台边加了个铺。我们心里有些不满意，但想到出门在外本就时时难，也不是讲究的时候，无奈将就着住下。

同屋的另三室都是外地的大人带小孩来上海儿童医学中心看病的，是常住客。就在他们进进出出轮流在小厨房烧饭时，已是傍晚，我和妹也准备下楼找点吃的。

步行了几百米，也找不到几家饭馆，屈指可数的又装修高档，我们不敢进，只好继续且行且寻。那天风沙迷眼，最后在一处几个农民工簇拥的摊点，我和妹炒了两盒蛋炒饭，虽然一看就没有食欲，但还是将就地解决了来上海后第二个晚餐。

回到住处，我和妹和衣挤在单人铺上，想念着医院里的儿子，身心俱疲，沉沉睡去。

术前等待遥遥无期，刘院长告诉我手术之前还有一个入院观察、身体检查和专家会诊的过程，最后才能确定手术档期，因此暂时无法给我准确时间。这已超出我原先的计划，看来这次的上海之行，是需要打持久战了。想到妹请假时间有限，加上院外等待也无须多人，我开始动员妹回家，远离上海这处处不便的日子。

自小以来，妹和我情感就很深，特别近年来我命运坎坷、奔波劳苦，妹总是感同身受，忧患与共。在知晓我现在的打算后，妹起初坚决不同意。在我百般游说下，妹最后才渐渐接受了我的安排。

3月27日，我送妹到车站上回程的大巴，开始了在上海形单影只的日子。

这是从14层公寓阳台俯瞰的上海儿童医学中心，位于上海仁济医院红楼的左区。

@2010.3.27

你可能注定是超凡脱俗的天使，“拣尽寒枝不肯栖”的，心里面怀着莺飞草长的年少欢欣，一时间忘情了，只留给世界一个背影。

@2010.9.21

只身上海等待的日子

送走妹后，我少了些操心，心里有了片刻轻松。但一时间的突然寂静，我又有些不能适应，似乎感觉自己孤苦无助，无边的落寞开始拥抱着我。我自然又想起我可怜的儿子，出生才十几天的他就被命运撵到异域他乡，而母亲温暖的怀抱已在千里之外。这个拥有着千万人口的大都市里，唯一陪伴他的亲人也被医院冰冷的厚墙所隔挡，父子遥望，有无限的惆怅和焦虑。

那一年的上海初春，很长时间都是晴少阴多，间或绵绵细雨，空气湿冷。这样的天气，我在时已阳春的老家没有想到。原本只考虑7天左右的时间，随身就穿了套西服，为行李减重甚至连洗换衣服也没带。上海给了我个下马威。我终日紧裹衣服，紧捏拳头，穿行在居所和医院两点一线的拥挤人流中，真切感受到了上海这个陌生城市带给我体内体外无边的寒意。

为了节省，我一日三餐也不得不斤斤计较了。那时上海一盘寻常的炒菜，一般都在二三十元朝上，一天下来花费近百元，我不敢想象十天就近千元，这对于我是个天文数字，我想我没有这个经济能力去“奢侈”。

三番五次踩点过后，我寻到一处清真餐馆，价格或可接受。与其说是看中的是这家饭菜的口味，不如说是对其中的蛋炒饭价格感兴趣。每份15元，虽是老家的双倍价格，但在上海已是便宜得不能再便宜了。于是，这家餐馆一日三餐便多了我的身影，以致后来店小二都熟识了我，见面就问，要蛋炒饭吗？

在上海的日子，我真的吃了别人一生可能也吃不了的蛋炒饭。以致24天后，同事为我接风上海归来时，我看到桌上所有的绿色都两眼发光，任情饕餮。

那段等待的时间是难熬的，每日心神不宁，躁动不安。房东老节人很好，我们也处得来，他经常主动找我聊天，陪我散心，有好菜时甚至邀我喝点小酒。可我的心仍牵挂着医院里的儿子。每天上午、下午甚至晚上，我都不由自主地要去医院转转，无所事事地在大厅里闲荡，在候诊长椅上发呆，用一支支香烟打发焦急无聊的时光。我总觉得，虽然那一刻见不到我的儿子，不能为儿子做点什么，但只有这样，在空间上靠近儿子一点，我的心里才会好受些。

现在回想，那段日子不堪回首。我时常抱怨上苍不公，一个完整的家，为何被命运拆分到三地，老家、池城和上海？三地都有我的亲人，我的牵挂。三地的亲人也都与我心手相连，牵筋动骨。

2010年3月的上海，春天还没有到来，那支摇曳不定的生命烛火始终温暖着我们，我们遥相守望，祈祷着未来。

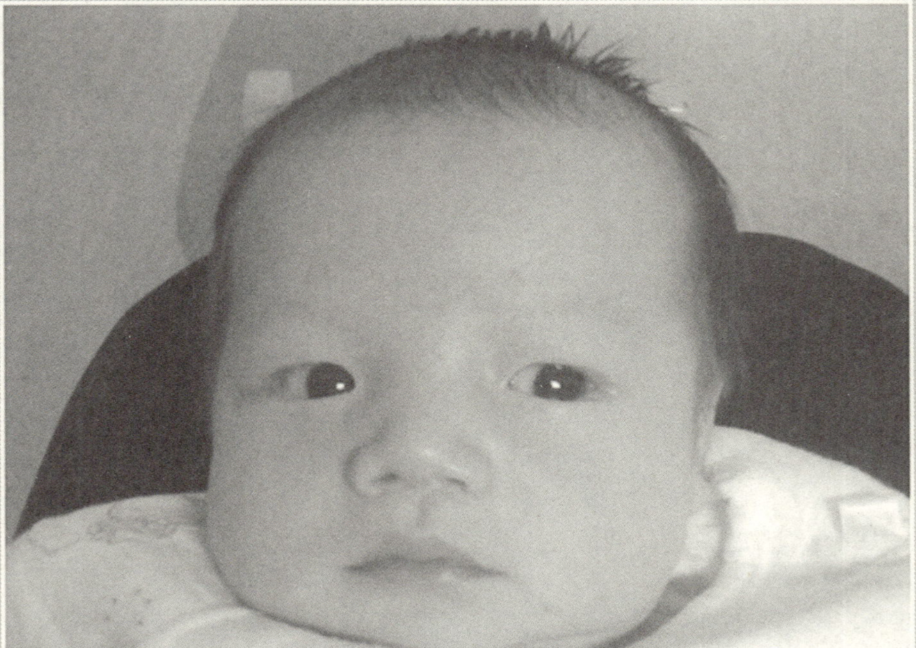

儿子满月

@2010.4.18

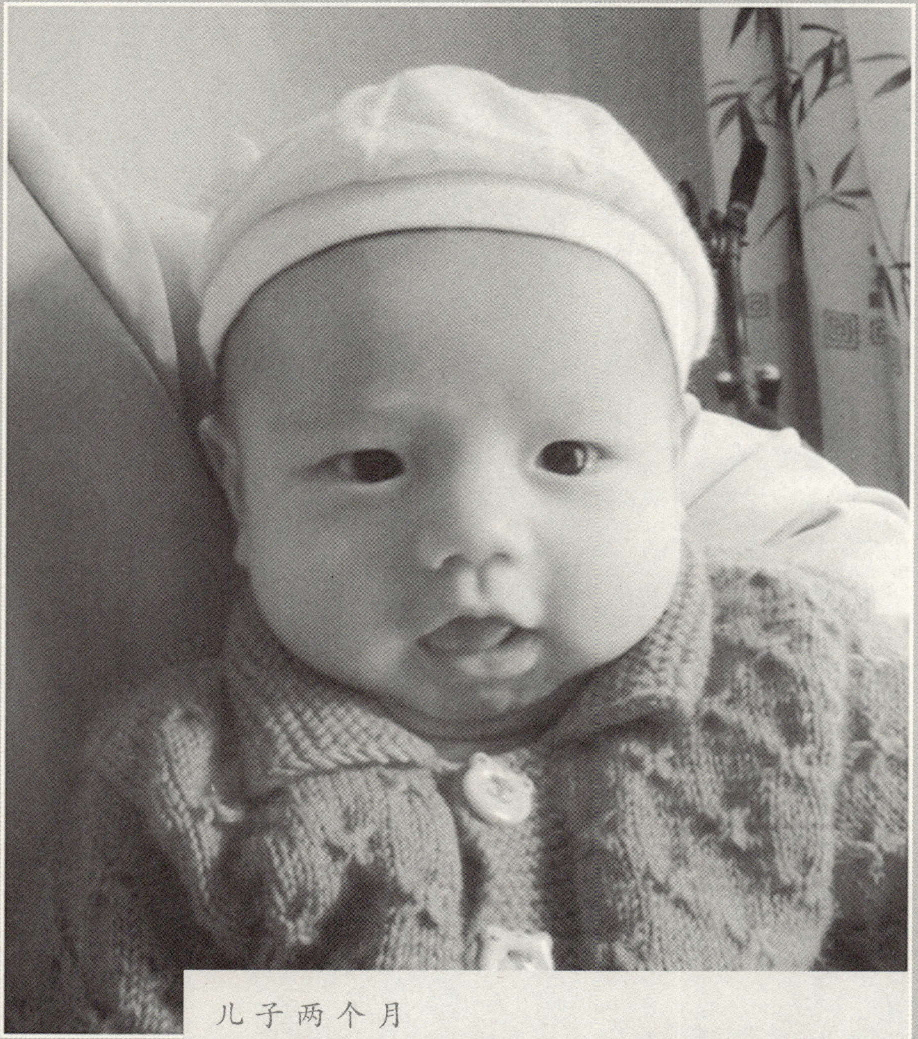

儿子两个月
后来，我给儿子取名小名“添添”，添人添丁之意思，也得到了家人的认可。
@2010.5.22

惊心动魄的手术

儿子出生后第21天，我终于等到医院方面的电话。那个晚上，我匆匆赶往心脏中心大楼。接待我的是位女医生，姓严，以主治医生的身份和我进行了术前谈话。办公桌上摆着一摞MRI（磁共振成像）片，她一张一张讲解给我听，说孩子的病情很复杂，远在预料之外。

就着天花板的日光灯，我看到片子上展示着不同角度方位拍摄的心脏影像，一个个模糊白点有五六个之多。她说这就是肿瘤病灶，在心房和心室甚至心肌上都有分布，数量如此之多还是非常罕见的，加上孩子太小了，手术难度和风险都很大。

我的头嗡得一声大了，一时间眼前只有她翕动的嘴巴一张一合，似乎后面的话听了进去，又出来了，却无法理解。我现在已回忆不起，那晚是怎么回到住处的。

手术还是决定第二天做，刘锦纷院长亲自主刀，严医生是副手，我在手术通知单上木然签下我的名字。

记得手术时间是安排在4月1日下午，但整个上午我几乎也没歇着，上楼下楼，穿行在不同的大厅科室。手术室吩咐购买手术辅助材料、血浆，ICU（重症监护室）要我提前准备尿不湿、湿巾和奶粉等，我都按院方要求一一办好，待坐下歇息时，已近中午。

五年后的今天，我真的回忆不起那天手术开始的确切时间了。因为我和儿子没有见面的机会，不知他何时从特护病房推进手术室了的。只记得那天下午，我进家属等候室时，一排排长椅已坐满了人。所有人眼睛都紧盯着墙上的液晶屏，那上面滚动显示着手术床号、孩子姓名和手术状态。我也和他们一样，在显示屏上急切地找寻自己孩子的姓名。

满满一屋子的人，牵挂的其实只有七八台手术。人群中父母同来的居多，甚至还有爷爷奶奶、外公外婆或姑姨叔伯，他们大都三五成群。相形之下，我的儿子却只有我一个人在外孤零零地守候，我不禁又心伤我儿子的可怜了。

整个大厅没人说话，时间一分一秒地过去，感觉寂静而又漫长。两小时后，墙上液晶屏显示进行中的手术越来越少，陆陆续续开始有人离开。临近傍晚时，我才突然发现，一排排长椅上早已空空荡荡，只剩下我一个人。

时间已是傍晚六点多，超出常规手术两个多小时了，墙上液晶屏显示不再滚动。我心急如焚，如笼中困兽一样，不安地走来走去，不时贴在手术室玻璃窗上努力扒望着里间。

手术间的门最后终于开了，穿着一身手术服的刘院长走了出来，给了我一个谢天谢地的结果，手术成功！孩子心脏里能取出的肿瘤基本取出，心功能应该是没问题了。但长在心肌上的肿瘤没敢动，不过暂时也无大碍，待切片化验，如是横纹肌瘤的话，随着年龄增长是能萎缩的，刘院长叫我放心。

刘院长还告诉我一些手术细节，说孩子已在鬼门关走了一遭。之所以手术延时，是因为肿瘤取出后心脏一直不能恢复心跳，心脏复苏就做了70多分钟，如果再往下去的话，孩子也许就不行了。想想真是后怕，如果真是那样的话，我不知道如何回去面对我的家人。

术后，我和儿子还是没能见面。医生告诉我，孩子已被直接转入ICU。

才悬着一天的心稍稍放了下来，但紧张随之又至。那一夜九点钟，ICU又来电话，叫我立即赶到医院。医生说，孩子目前情况不太好，血压和心率都很低，随时都有生命危险。按照常规，给我下了《病危通知书》。

我一时间六神无主，感觉天又塌了，已不能静心细看其上内容，我知道我必须签字。那张有我颤抖签字的《病危通知书》，我用心留着。本想等孩子大了，如果不听话调皮时，我会拿出来给他看，让他珍惜其生命来之是多么的不易。

终于又见到儿子

术后,我和儿子又恢复了此前的状态,依然是父子相隔,魂牵梦挂。ICU不允许亲属探视,每天下午只安排一名医生向家长例行通报孩子病情,固定的时间,固定的地点。

这样的"新闻发布会",成了孩子家长了解里间信息的唯一渠道。每天清晨一睁眼,我就期待下午的那一刻早早到来,挤在人群里静候医生走出。

通报的情况当然有喜有忧,医生逐一叫着患儿家长姓名,分发着一个个希望和失落。那些天,医生喊到"江宇皓"的名时,告诉我的都是孩子情况不容乐观,没有脱离生命危险的话。来时心情急切,去时脚步沉重。

医院门诊楼大厅里有自助查询机,可以查隔日的住院费用清单,孩子每天的用药、用品消耗,包括奶粉进食量,都有一行行明细的罗列。为获取有关儿子的更多信息,我灵机一动,开始每天上机查询。我知道奶粉用量增加、药品费用减少,就表明儿子的状况在转好。反之,则情况堪忧。

那时,父母不敢与我联络,委托妻一天一个电话,间接打探消息。我知道他们身在老家,心却早已飞到上海,那终日以泪洗面、强打精神的场景,不说我也能想象得到。我们就是这样,身处两地，各自承受着巨大的精神压力。

呼吸机不能下，不能进食，关胸延迟……不好的消息每天都在朝我施压，但我不能告诉家人实情，只能选择所有问题都自己扛，那些天夜里，我在住院楼外徘徊，祈祷上苍怜悯：我带来的是活蹦乱跳的儿子，还让我安然带回吧。

儿子真的无比坚强，小小的人儿闯过一道道难坎，状况开始逐渐好转。一周后的一天，医院通知我，孩子可以由ICU转入特护病房了。

飞奔去病房的路上，我几乎想唱起歌来。终于见到朝思暮想的儿子，可这还是我的儿子吗？眼前的人儿躺在病床上苍白清瘦，小小的胸口缠着厚厚的纱布，头上、颈上都插着留置针，大大黑黑的眼睛无神地望着我，眼角残存泪渍。一时间我心如刀绞，泪如雨下……

儿子转到特护病房后，开始需要家人陪护，我一人自然忙不过来。妻得知后，顾不得还在月子里休养，匆匆赶到上海，和我并肩照料起儿子来。儿子终于喝上了母亲的乳汁，我的心才稍有慰藉。

妻来后，我不再节吃省喝，开始自己买菜做饭，尽力保证她月子里所需营养。房东老节非常慷慨，厨房、餐具供我免费使用，甚至油盐酱醋也是他的。每天，我骑着老节的破自行车，进超市，逛菜市场，烧饭送饭，像个十足的家庭主夫。虽然很忙，但很充实，心情大好，因为我们终于到一起了，儿子也即将出院。

4月19日，医生给儿子拆线、开药。我去血站还血。按照当地规定，上海血站是不认外地献血证的。儿子手术用血缴了1800元押金，需要家属献血换回。我无奈，在上海留下400ml血浆，开始准备回家。第二天，我们如愿踏上回程的长途大巴。

32天的儿子，终于从上海平平安安回来了。

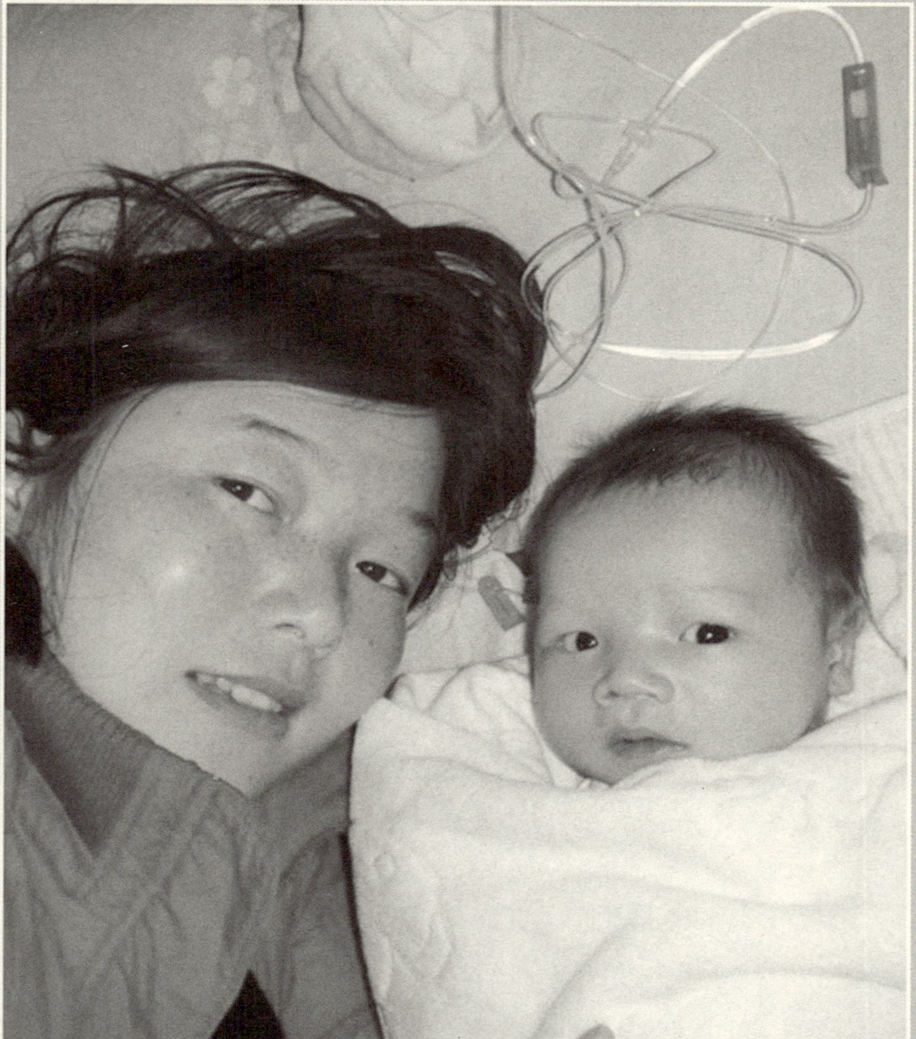

儿子出生25天，上海儿童医学中心病房。妻顾不得还在月子里休养，匆匆赶到上海，和我并肩照料起儿子来。儿子终于喝上了母亲的乳汁，我的心才稍有慰藉。

@2010.4.14

添添4个月，上海街头。其时已做完术后三个月复查，准备第二天回家。

@2010.7.28.

难得的安详时光

当大巴车在家门口缓缓停下时，远远就看见父母、妹和岳母早已站在公路边迎接了。我的儿子，就是这样被一家人簇拥着抱回久违的家。

那时，我们住的是渐已破旧的一楼一底二手房，光线阴暗，地面潮湿。但在上海才回的我眼里，却感到无比的亲切和舒适。有过出门时时难的经历，才真的体会到在家千日好。

出院时，医生告诉我，手术后的心脏恢复要半年左右，头三个月还需天天服药以稳定心率，改善心功能。医生开了地高辛酏剂和氯化钾口服液。

两种药都是水剂，为便于喂服，我买了注射针筒，每天一点一滴地打进儿子嘴里。才半个月大的儿子，从此开始了一边吃奶一边喝药的日子。

现在想想，儿子真的很乖，自小就不爱哭，现在喝药时也是少有的听话，偶尔皱下眉头也就吞咽了。我不知道，这药到底是什么味道，过去也没尝过。有一次，我感觉倦怠无力，怀疑自己身体是否缺钾，便找来儿子喝的氯化钾溶液。一滴入口，我才发觉那药奇苦无比，不由自主翻身干呕。我本不怕苦，就是黄连也不在话下，可这药真的远胜黄连。我难以想象，我的儿子天天是怎么喝下去的。

奔波动荡的日子似乎是结束了，半年后上海复查结果良好，我们终于安下心来，过起了正常家庭的生活。父亲仍守着老家，我开始上班，女儿上学，母亲负责一日三餐，岳母和妻则侍弄着儿子，虽然忙碌，但都快乐。

我开始打算给儿子重新取名，毕竟“宇皓”一名被上海的医生叫了24天，不时勾起我梦魇般记忆。这是我不希望的，我想那不堪回首的日子永远成为过去，不再发生。

于是，全家又开始一遍遍地翻书，一次次商讨。最后我说，就叫“禹辰”吧，禹是过去贤明君主，辰是天上星宿。我希冀借帝王洪福庇佑我的孩子健康平安一生。“禹辰”就这样成了儿子正式的大名，并上了我们家的户口本。

儿子一天天在成长，我们欣喜他一点一滴的进步。见人会笑了，咿呀开始叫妈妈了，能爬了，会走了……与同龄孩子相比，一点也不落下。小小的人儿，虽经风雨仍顽强不屈，生命茁壮。

那段难得宁静安详的日子里，儿子就是日出日落我所有的牵挂。每天下班后飞奔回家，看着不安分的儿子坐着学步车蹒跚学步，一下滑到东，一下滑到西，真的无比享受。

我时已中年，人生走向基本成了定局，没有多少宏图远志，唯愿我的亲人健康平安，快快乐乐，过着这普通人的小日子足矣。人生如此，夫复何求？

母亲不顾常年身有病痛，倾心倾力带着我的儿子。奶孙俩建立了深厚的感情，往日家里时时处处都有笑声。

@2012.5.12

女儿比儿子大12岁，也如大人般极疼爱这个小弟。过去的时光难忘怀，现在时时想起小弟来，她也只能偷偷流泪。

@2011.6.23

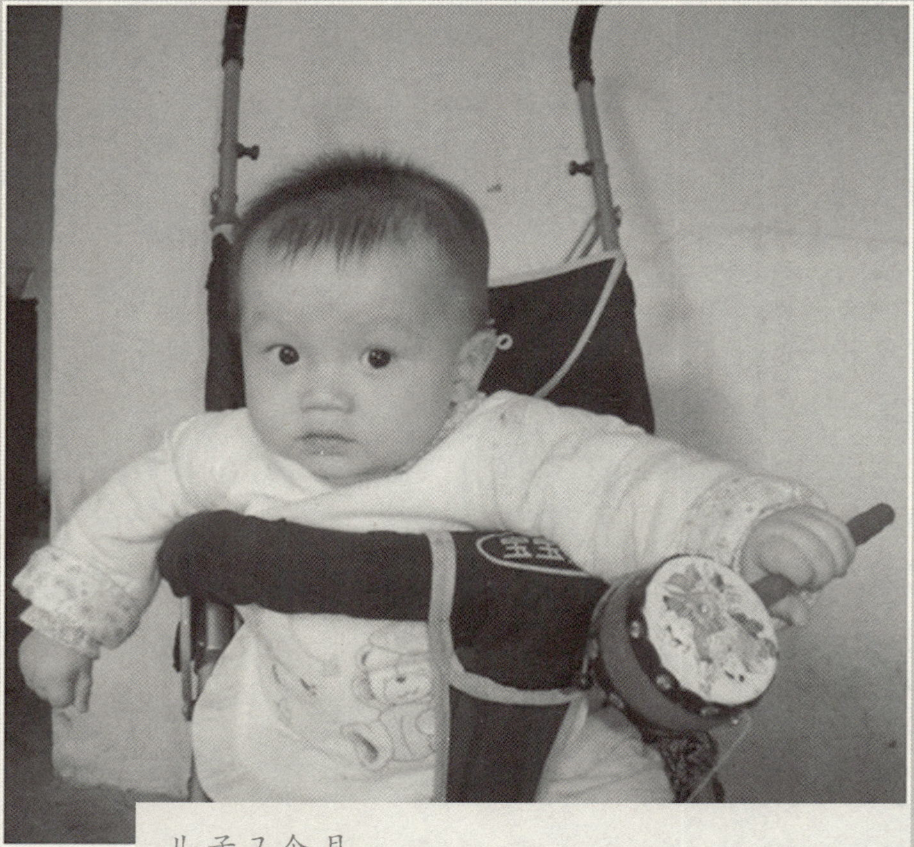

儿子7个月

那段难得宁静安详的日子里，儿子就是日出日落我所有的牵挂。每天下班后飞奔回家，看着不安分的儿子坐着学步车蹒跚学步，一下滑到东，一下滑到西，真的无比享受。

@2010.10.19

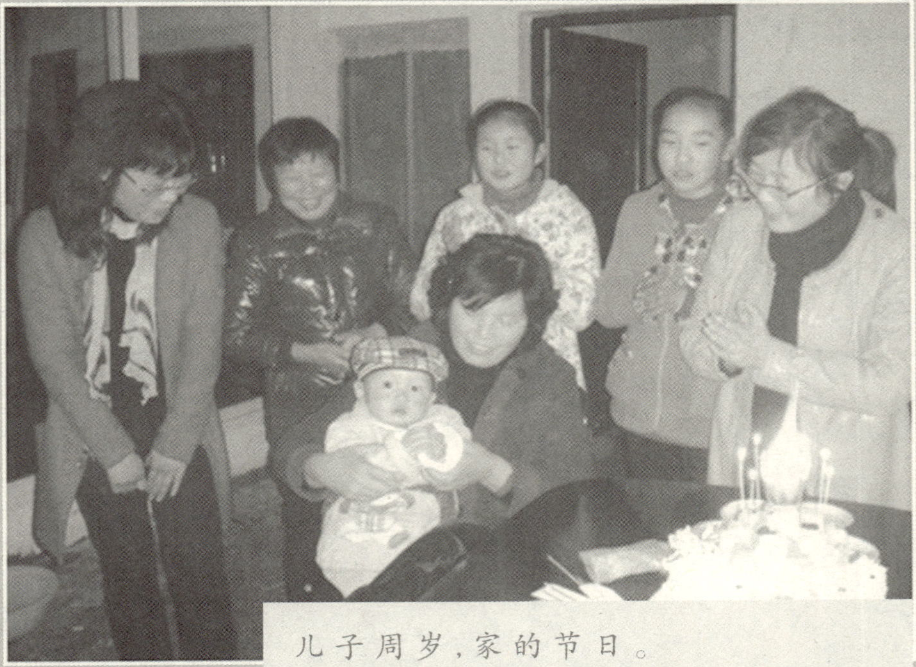

儿子周岁，家的节日。
小小的人儿，虽经风雨仍顽强不屈，生命茁壮。

@2011.3.9

2015 年元宵节，自家阳台的窗外。

@2015.3.5

补记：本章文字写于2015年3月5日元宵节，适逢爱儿病逝七七，我的添添已走了49天。

终笔已是傍晚，窗外陆续响起寻常人家此起彼伏的鞭炮声。儿子爱看热闹，往年外面一有鞭炮声响，他就嚷着要我抱他去站到窗前张望。今夜依然烟花满城，窗外是别人家的元宵，而自家的阳台却物是人非，人已不在了。

我时已中年，人生走向基本成了定局，没有多少宏图远志，唯愿我的亲人健康平安，快快乐乐，过着这普通人的小日子足矣。人生如此，夫复何求？

@2010.6.15

风波又起

儿子一天天在长大，越来越有父母的影子。疏发敞额，宽鼻淡眉随我，亮黑眼珠、皮肤白皙又像他妈妈，嗓音脆亮，人见人爱，我们常抱着他满世界显摆。

我们也像寻常人家一样，带着儿子去照相馆拍满月照，百天照，周岁照，上理发店理胎发，逛商场添置新衣服……日子过得忙碌而又快意。可这样宁静安详的生活并没有持续多长，很快就被突如其来的变故打乱了，一家人又陷入忧心忡忡和惶恐不安中。

2011年9月中秋节才过，母亲像往常一样带着孩子（儿子3个月后便由母亲负责照料），突然发现孩子偶尔有神情呆滞，无力点头的现象，持续一两分钟不等，每天发作时间不定，次数不定，有时一天三四次，最多时七八次。我们都不明就里，心却又是紧张起来。

这种罕见现象，周边的人都没见过。有的说，莫不是孩子受惊了，让叫魂试试。叫魂是我们老家信仰的一种民俗，每当小孩受到惊吓，出现晚上睡觉惊哭等异样时，便以为小孩的魂魄被惊走，亲人需要倚门或手持竖筷叫魂，有时还真有灵验。母亲和妻便开始虔诚地为儿子叫起魂来，虽持续数天，但情况依旧未有好转。

我们又随即转想他法。俗话说“病急乱投医”，那段时间，只要是别人介绍的偏方，我们都不放弃，逐一尝试。听说山羊角煎水喝或许有效，母亲便发动所有亲戚辗转找寻，儿子最后也喝了一个多月，可病情仍然没有改观。

我们真的急了，我和妻开始上网查询起大量资料，注册“好大夫在线”，上QQ，向一个个专家医生发起咨询。好在网上热心医生不少，先后都给了我们回复。但鉴于提供的资料有限，医生的答复也五花八门，莫衷一是。有的说症状像癫痫，有的说是婴儿痉挛症，还有的怀疑是结节性硬化症。我们听得云里雾里，没有主张。

那时，岳母恰好在省城合肥做家政，东家姓宋，是省城一家医院的医生。想着借宋医生的关系，看病也很方便，岳母便建议我们带儿子去省城看看。

在我们柔肠百转时，儿子是懵懂的，并不清楚有多少未知的苦难在等着他，一如既往的活泼和开心，沉浸在自己的世界。而这个世界之外，小小年纪的他不能左右，倚靠的只有父母。这种天性的选择对于孩子而言，是因世界太强大，自身太弱小而本能寻求的信任，于父母，则是沉甸甸的责任和担当。

我们别无选择，上天待我们太薄，可能是在还前世的债。可我的儿子是无辜的呀？他栉风沐雨遭受的磨难，难道不该由我来扛吗？但现实无情，不给你选择，容不得抱怨，我们终须正视。上海回来才一年多工夫，我们又开始收拾行囊准备踏上征程了。

其时，儿子1岁7个月。

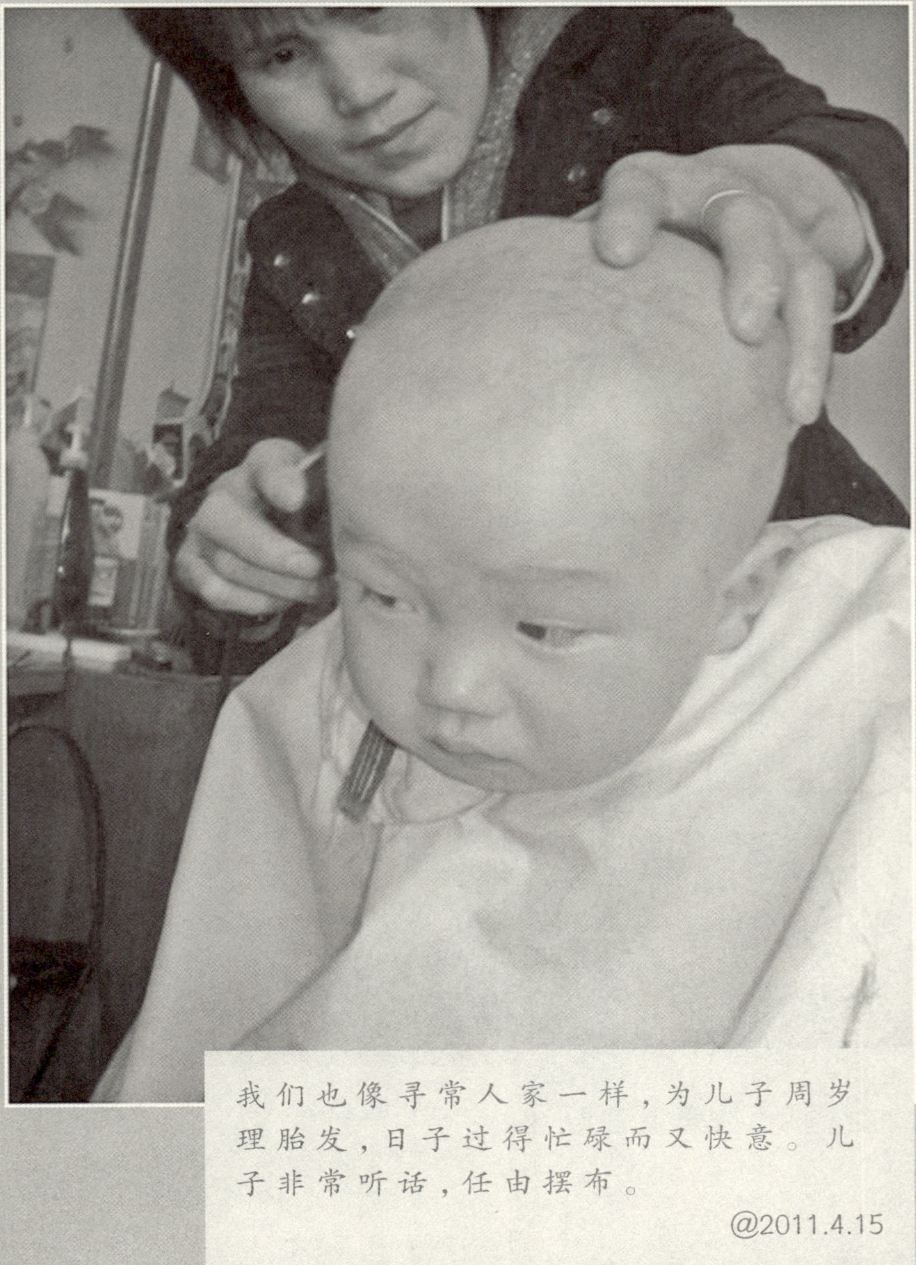

我们也像寻常人家一样，为儿子周岁理胎发，日子过得忙碌而又快意。儿子非常听话，任由摆布。

@2011.4.15

20年的我，再次走进这座城市时，却中年沧桑，拖家带口，为家庭寻找命运的曙光。

@2011.10.4

合肥七天

合肥对于我来说，是一座久违了的城市。二十多年前，我从皖南山区偏远闭塞的小城来这里求学，度过了两年美好时光。那时我才20出头的年龄，青春逼人，理想飞扬，对未来有过无数的憧憬和幻想。但那时绝没想到，二十年后的我，再次走进这座城市时，却中年沧桑，拖家带口，为家庭找寻命运的曙光。

2011年9月，合肥，我们来了。

当妻拖着行李，我抱着儿子在安徽省立医院下车时，宋医生已在门口等候多时。简短寒暄后，便热情地领我们进儿科住院部。由于相关入院手续宋医生已提前办好，我们也便不费周折地找到床位安顿下来。

稍事休息过后，护士就开始为儿子登记病历、称体重、抽血。这大概是所有大医院通行程序，转诊病人的过往化验单基本不看，医院都会从头至尾重新检查化验一遍。儿子真是出奇的坚强，也许是因为有过太多的类似经历，早已见怪不怪，当尖尖的针头刺入胳膊时也没怎么哭。倒是我真得痛了，看着儿子殷红的血被徐徐吸入4支真空管时，心中难过无以复加，妻也噙着泪花哽咽无语。

常规的检查化验并没有给医生带来多少提示，儿子的点头症状还是找不到病因，主治医生只能大致判断是脑部问题。于是又做MRI，检查报告说是病毒性脑炎。可这个结果，儿科主治医生提出质疑，说是血生化指标并没有提示有炎症存在，需做进一步深入检查。可增强MRI结果出来后，影像科医生仍坚持自己的初判。

我开始意识到，儿子的病情可能不是想象中的那么简单。医生说，MRI头颅平扫片上显示脑部有一个个白色钙化点，可能就是导致孩子点头样抽搐的病灶。至于这个病灶到底是不是病毒性脑炎引起的，只有做腰椎穿刺了。通过在腰椎处抽取循环回流的脑液化验，判断是否有炎症最有说服力。

所谓腰椎穿刺，我以前闻所未闻。病房里的病友介绍说，过程很痛苦，也有风险。用一根粗注射针在两个腰椎缝隙间扎进去抽取，很疼。过后如恢复不好，还有后遗症。

儿子是住院第四天做穿刺的。手术室里，一个医生拿着粗针筒负责主操作，四个护士分站在手术台两边负责按压住孩子。可能是考虑到家长看不下去那个残忍场面，在儿子被抱到手术台后，我和妻便被挡在门外。时隔不久，突然听到儿子一声惨叫，我知道手术开始了。

整个过程，门里的儿子撕心裂肺地喊着爸爸妈妈，门外的我们欲进不能，泪流不止。十几分钟的时间，那一刻显得格外的漫长。待手术结束我和妻冲进门时，看到医生和护士各自忙着扫尾工作，好像谁也没顾得上安抚手术台上的儿子。腰上裹缠着厚厚纱布的儿子就孤零零地坐在那里，朝着门口急切地张望，哭喊着爸爸妈妈，号啕不止，满眼仍是恐惧。那一幕我至今不能忘记，时时想起，时时揪心。

事后，我非常后悔那次合肥之行。特别是后来转诊南京给我带来的对比，这种意识更为强烈。腰椎穿刺的化验结果没有证明有炎症，脑炎判断也因此缺乏依据。合肥七天，除见识了医生职业性冷漠和平庸外，便只有一纸“目前诊断不清，建议转上一级医院诊治”的出院小结，我们无功而返。

出院前夜，我心中涌起无限悲凉和绝望，在床边凝视昏昏沉睡的儿子，泪水长流，自言自语：儿子，不管怎样，你一定要好好的，爸爸还指望你养老送终呢！

带着这样近乎绝望的心情，回家前那两天，我们一趟一趟陪着儿子到医院附近的儿童乐园放任玩耍。儿子身体虽然虚弱，没有同龄孩子那般生龙活虎，但也极是兴奋，吃力地爬上爬下，乐不可支。想到这一刻可能是他来世上后仅有的欢乐了，我和妻都心情黯然，在一旁默默流泪。

很愧疚，由于我们在合肥的粗心大意，儿子回来后又得了重感冒，住进县城中医院，挂了十几天的水才渐渐好转。儿子前世是真的没有修得好父母，此后类似情况又发生过好多次，因为我们的疏忽，儿子平添许多不应有的磨难。

如今我时常记起，为愧对儿子声声呼我“爸爸”而痛恨捶头，我是真的没有尽到为人父母的责任。这一世对儿子的亏欠已无法弥补,怕是我今生永久的痛了。

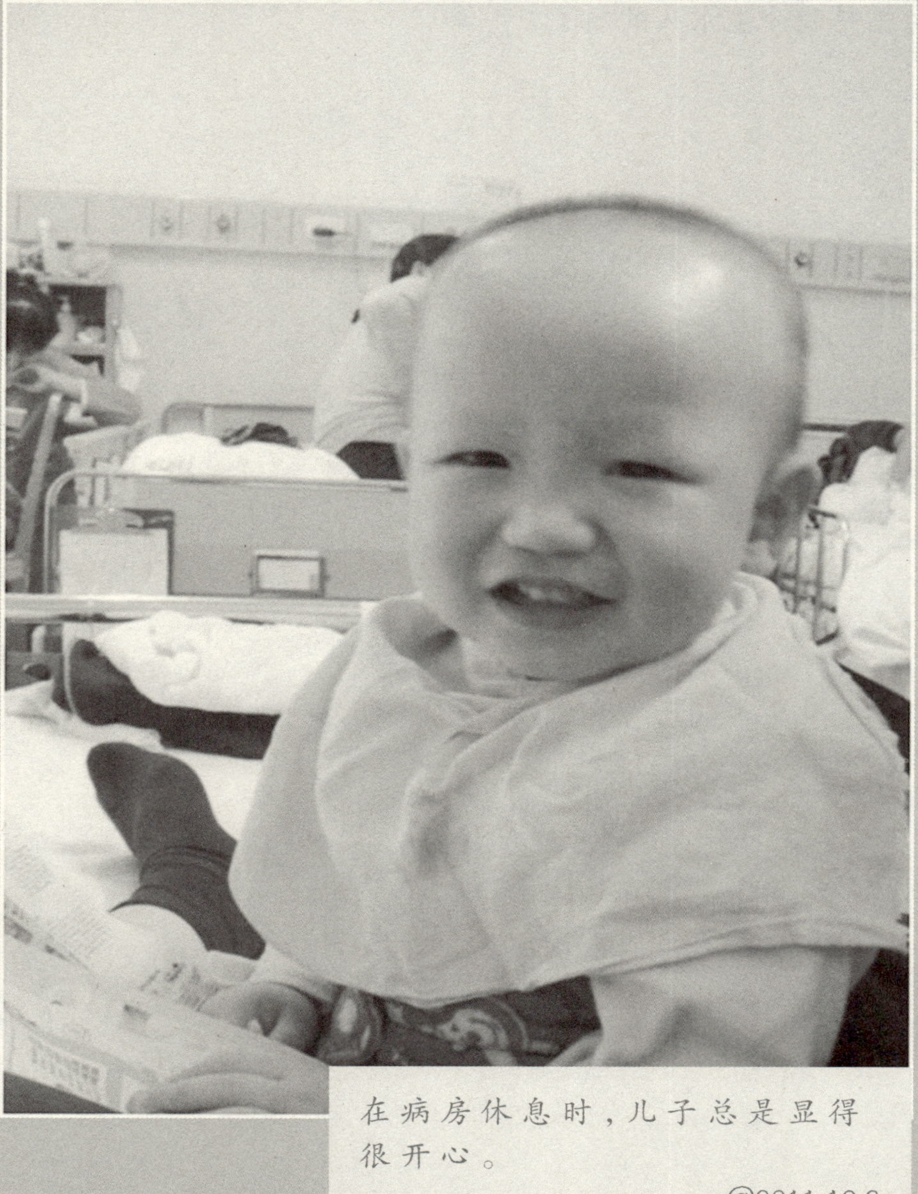

在病房休息时，儿子总是显得很开心。

@2011.10.3

儿子身体虽然虚弱，没有同龄孩子那般生龙活虎，但也极是兴奋，吃力地爬上爬下，乐不可支。

@2011.10.4

儿子是懵懂的，并不清楚有多少未知的，苦难在等着他，一如既往的活泼和开心，沉浸在自己的世界。

@2013.2.19

南京，南京

合肥回来后，儿子的身体状况依然时好时差，我们始终过着焦虑的日子。国内医院众多，良莠不齐，我不知道合肥医生建议的“上一级医院”到底是哪家医院，之前医生也说不出所以然来。因此再盲目带孩子外出求医，除重复一道道检查、化验外，家长艰辛自不必提，儿子又不知增加多少毫无意义的苦痛。合肥之行不堪回首，我是真的怕了。

但我们也没有坐等，于是又开始频繁上网，一一甄别海量医疗机构信息，为再次外出求医作提前准备。

一天，妻说，单位有个领导的同学在南京，社会交际面很广，或许能借助他的帮忙找一家好点儿的医院看看。我没有意见，在这种茫然无助的状况下，多听听别人的建议不是坏事。

妻于是开始联系，中间帮忙的人也很热心，最后推荐给我们的是南京市儿童医院神经内科的一位卢姓专家。此后，我们便与这位名叫卢孝鹏的主任医生建立起长达两年的联系。

第一次去南京是机缘巧合，我所在单位的领导因外出学习要路过南京，在知晓我们想法后，主动提出改变行程日期，为的就是搭上我们一程，免除不少经费开支和路途之苦。

我至今仍对这些善良的人们充满了感激之情。从2010年孩子出生这一路风风雨雨走来，虽然见惯了世态炎凉，但我也永远不会忘记，曾经有这么一些人感同身受，给了我们许多无私的抚慰和扶助。我一直将他们视为儿子生命中的“贵人”。现在儿子走了，我没有理由不承接这种铭记，延续儿子的感恩。

2012年5月7日，我们如愿踏上行程。老家到南京只有200多公里，当天上午11点多钟就到了南京市儿童医院。就诊的过程很短，卢医生由于此前已看过我们在网上发的病历资料，于是很快就下了癫痫的结论。

应该说，这趟南京求医还是不虚此行的。确诊结果虽然在情感上不愿意接受，但现实容不得回避，我们只能退而求其次，想到终讨得一个安心，今后可以对症治疗，倒也心有慰藉，精神压力似乎轻了好多。人啊，在自然面前真的很渺小，当现实朝我们一步步施压时，更多的时候都是无力对抗，只能以退为进，苦中作乐，不断调低自己期望值，无奈寻找那丁点满足感聊以自慰。

从南京市儿童医院出来后，我们轻松多于焦忧，带儿子去夫子庙玩了一趟。这时候的儿子，有两岁多一点，已不安于父母的怀抱了。碰到感兴趣的东西，便要挣下身来自己行走，这里碰碰，那里摸摸，开心得不行。

南京回来后，儿子便开始了一日三餐的服药。这是一种叫丙戊酸钠口服溶液（德巴金）的药，1天3次，1次0.3ml。我丝毫不敢马虎，除遵照医嘱严格定时定量外，还认真记录起儿子服药所带来的病情变化。卢医生根据我们的信息反馈，适时调整着用药。德巴金后来逐渐加到0.5ml，同时还添了拉莫三嗪片（利必通），两种药合并使用后，儿子点头样抽搐次数开始明显减少直到最后完全控制。这样的变化令我们感到欢欣，一家人似乎又看到了希望的曙光。

癫痫似乎是暂时控制住了，但我们并没有轻松下来，心中隐忧的疑团还没有解开。我们困惑，没有家庭性遗传，儿子的癫痫是怎么得来的？也许卢医生早已意识到儿子病情的复杂和严重，他曾明确告诉过我们，孩子的癫痫诊治绝对没有想象中那么简单。说这话时还配合手势强调了“绝对”一词。

正因为有了这个“绝对”，我们不得心安，开始了寻根求源，探求治本之策。2014年3月31日，儿子二上南京，脑CT片证实确有结节性硬化症（TSC）。此前的疑虑和担心最终还是成了无情的现实。这是一种目前无法治愈的常染色体显性遗传病，据说发生概率是六千分之一，也有说十万分之一。

我和妻家族里都没有人得过这个毛病，又哪里来的遗传？而且，即使噩运降临，为何是儿子受过而不是我？我们家世代忠厚，平时为人处世处处都凭良心，本不该有此恶报。一连串的不解和愤懑，让我不禁诅咒起上苍待我何其薄幸！

这种TSC疾病，我们此前也了解过，据说没有特效药，只能被动治疗。也就是说，疾病带来的诸如内脏肿瘤、癫痫、皮脂腺瘤及智力减退等联症，只能对症解决问题。可怕的是，上述症状，已在儿子发育过程中逐渐显现并得到印证。我很绝望，心想照此下去，儿子一生都离不开医院了。

在南京的日子里，我们一家寄寓在君临国际大厦里间的小旅馆里。这家旅馆在南京市儿童医院对面不远，也是服务医院患者这一特殊群体的特色经营，房间生活设施一应俱全，倒也方便我们许多。那些天，我们就这样往返于医院和住地之间。街上车辆川流不息，医院人群摩肩接踵，我只得始终抱着儿子，左手酸了换右手，抱着累了换背着，妻也不时搭把手让我歇口气。其实那时我甘心为儿子受累，只有累了才感觉心里好过一点。南京回来，我的膝盖一走路就疼，腿跛了许久。

2014年4月16日，我们第三次去了南京，主要是为赴北京求医做准备。卢医生说，目前北京301医院正在开展脑结节性硬化症研究，算是国内顶尖水平了。建议我们去找小儿科邹丽萍主任，申请一种叫做雷帕霉素的新药临床。这对我们来说，无疑是个喜讯，有种天终不绝人，又峰回路转的感觉，心情为之一爽。

卢医生设身处地为我们着想，考虑去北京人生地疏，不如在南京预先做好相关检查，可为我们节约不少生活和就医成本。他给我们预约了24小时住院。儿子4月17日做完MRI、B超、脑电图、血生化四项检查后，我们去北京求医的资料基本齐备。

这次南京归来，只短暂歇息了四天。4月21日，我们带着儿子又转道南京坐上去北京的高铁。

南京夫子庙江南贡院，我们去跨“龙槛”，期望能为儿子带来好运。

@2012.5.7

以后的路，也许就在当初选择的那一刻早已铺就。

@2013.10.27

北京来的新药

母亲曾在家说，孩子命苦，打小就跟着大人奔波，这次北京回来后总该好些了。细想了一下也是，四年里我们到过池州、上海、合肥、南京四地，北京现已是第五座城市了。怀揣着母亲美好的愿望，想到“万里长征有终时”，我和妻信心满满，对北京之行寄予了莫大的期望，心情一时感到前所未有的舒畅和轻松。

坐高铁一路上，儿子乖顺懂事，神情专注地看动画片《猫和老鼠》，累了就斜偎在我怀里看窗外倏忽而过的风景，偶尔也由我抱着在过道里来回走走，一点也不淘气。高铁的旅程并不感觉漫长，我们享受着朝发夕至的快捷。想着早晨还在家门口等车，10个多小时后我们一家三口却已站在北京南站，真的感到不可思议。

接站的小姑娘是我一朋友的侄女，当时正在北京301医院读博士。如此安排，是朋友在我们出发前就交代好的。小张的确让我刮目相看，才20多岁的一个女孩，待人细心热情，处事老练有分寸。妻不由感叹，博士素质高，就是不一样。就这样，小张为我顺利挂到专家号并完成预约，使我得以第二天就见到小儿科邹丽萍专家。

眼前的邹丽萍是一位约莫60多岁的发福老太，神情慈祥中带有严肃，说话和蔼却又惜字如金。在作了常规询问后，邹医生简单地查看了儿子体表，便说是脑结节硬化症无疑。同时，为我们预约了下午的气质和体格测试。所谓气质和体格测试，通俗说就是查身体包括智力方面的发育情况，无非是叫孩子跑跑跳跳，模仿动作，然后头围、身高、体重测量，然后医生根据观察情况给出综合分值。整个过程没有用到诊查仪器，也没有消耗什么材料，十多分钟却要收费300元。

下午，我将测试报告拿给邹医生看。邹医生说，孩子发育的部分指标偏低，都是脑结节性硬化症惹的祸。想要既治标又治本，除癫痫药不能停外，还需服用雷帕霉素。

由于雷帕霉素在国内用于脑结节性硬化症治疗才两三年工夫，301医院也还处在临床研究阶段。开处方前还需填写一份患者家长承诺书，声明是自愿服用，自负后果。承诺书告知了该药有许多副作用，包括导致免疫力降低，可能诱发皮肤癌等，但医生宽慰我，说副作用只是个极小的概率，两年多临床跟踪并没有接到这方面的报告。

我到现在也没弄明白，雷帕霉素何以又叫西罗莫司口服溶液？因为邹医生处方上开的是后者，我不放心，曾与其助理庞医生联系求证过，答复说后者就是前者没错。

这种叫西罗莫司的口服溶液，也就是雷帕霉素，据说是一种活性酶，要在8℃以下冷藏，取出时需稀释40倍才可服用，否则可能导致口腔溃疡。北京回来后，儿子除常规的两种癫痫药外，就开始中午加服一次西罗莫司口服溶液。

每天下班时间一到，我就匆忙赶到家忙活喂药的事。因为医嘱说餐后2小时、餐前1小时服用效果最佳。如果药喂得迟了，正常午饭时间势必受到影响。每次喂药，我总先在口杯里盛好20℃左右的凉开水，再用注射针筒抽出0.5ml（3个月后增至0.8ml）的药进行稀释，全部喝完后，还得再喝一口杯水。无论春夏秋冬，寒来暑往，儿子日复一日地重复着。偶尔腻烦了的时候，也会像小大人一样叹道“怎么办呀”，但儿子还是强忍着吞下。母亲往往不忍看这一幕，头扭向一边哽咽无语。

我至今不知该如何客观评价这种药，儿子服用了9个月，感觉病情似乎有所遏制，7月份北京复查时，邹医生看脑电图说有好转迹象，过段时间可考虑癫痫药减量了。我听后也很欣喜，但是没想到四个月后儿子却出现癫痫大发作。而且，我反而感到，自从服用这种药后，儿子体质是一天不如一天，到后来感冒和上呼吸道感染成了家常便饭，隔三岔五便上医院打针挂水，最后还诱发了癫痫大发作。

我真的不知道，这药对于儿子来说，是福是祸？有时我也后悔，假如当初不上北京的话，儿子也许不会走得那么早的。

儿子3周岁时，我们陪儿子吃生日蛋糕。

@2013.3.16

儿子上学啦

那些天，我们一家像过节一样兴奋，张罗着儿子上学的各种准备。母亲和离家不远的一所幼儿园园长很熟，征得同意，此前就早早地领着我的儿子去熟悉校园，一天一趟，俨然像个正儿八经的入校学生。妻也常常翻捡衣柜，为儿子开学穿哪件衣服主意不定，比画着一个又一个造型。

儿子也极是欢快，上楼下楼都高唱着“东方红，太阳升……”这是一首大家熟知的革命传统歌曲，出自幼小儿子之口，似乎很怪异。邻居们听到后都觉惊奇，笑意盈盈。他们不知道，这是每晚我带儿子睡觉，父子俩团在一个被窝里竞相放歌的必唱曲目。

妻还建议，再买个小书包吧，咱儿子上学要背哩！我笑话妻的急切，心想儿子才上小班，每天都是老师带着玩，哪里需要小书包。可妻说上照相馆留个影，我倒是同意了。孩子上学也是生命历程的一个重要阶段，从此告别家庭融入社会群体生活，于父母是享受抚育成果的幸福品味，于孩子则是渐趋成人的个性标志。

2014年9月1日，我早早地赶到幼儿园，为儿子缴了学杂费和保险。我的儿子，就此成了幼儿园的一名正式学生了，其时4岁半。

因为身体原因，儿子相比同龄孩子要稚嫩许多，但这并没有影响他对幼儿园的喜爱。第二天上学，没有我们担心的抵触哭闹，儿子牵着奶奶的手，径直走进喧闹的教室，在哇哇大哭的孩子群里，专心致志地玩起老师给的积木来。我和妻在窗外偷偷瞧了一阵，虽然不舍，但还是放心离开了。

听老师说，儿子像其他刚入学的孩子一样，玩心较大，喜欢在教室里跑来跑去，不太听从管教。可一周后，也能渐渐收起性子，安静地看电视，好好地排队做操和课间洗手了。可孩子终归是孩子，有时身在教室，心却飞到操场滑滑梯，偶尔也有趁老师不注意悄悄溜出门偷玩的时候。母亲无奈，只得每天坚持在教室外把守。那段日子，教室里外的一孙一奶成了幼儿园一道特殊风景。

儿子的最爱是滑滑梯，虽然体质较弱，上下还较吃力，但仍乐此不疲。奶奶看着心疼，不时上前推扶一把，寸步不离左右。可滑滑梯无论怎样好玩，只要看到我的身影，儿子就急切地不管不顾，总是老远就张开小手大声喊着“爸爸”，飞扑进我的怀抱。

儿子很聪慧，上幼儿园之前就已识得200多个汉字，背诵多首古诗。因此每每老师在黑板上教小朋友汉字时，儿子总能不假思索地第一个认出。这也得到老师的夸赞和喜爱，儿子的5朵小红花几乎都是那时认汉字得来的。

此后的每天，母亲就用小推车接送着我的儿子。得空时，我和妻也加入接送行列。一家人在路上来来回回，成了如今令人心痛的幸福回味。母亲告诉我，每次儿子到校门口和我告别后，总不急着进去，一定要坚持目送我不见人影了才进大门。我不知道，那小小的人儿冥冥中是不是害怕，每一次离开都可能是永别？但那一幕，每次想起都是心痛！我甚至还联想到，儿子走之前的有天夜里，他将我的头紧紧抱在怀里，狠命地亲我的额头，那时我只是在笑，沉醉在父子天伦之乐里。可我现在突然觉得，那时候他冥冥中是不是就已在和我告别？今生我们父子缘短，这个尘世于他有太多的眷恋。

幼儿园的正常生活其实只持续了一个多月，而后儿子便因第二次惊厥住院了。一周后出院，身体状况已大不如前，期间便是休养。一度好转时，也曾入园几天，但母亲说，儿子与同龄孩子比已大大落后了。其后又因感冒间断，吃药吊水，如此反复直至病逝。

幼儿园庆祝国庆，给每个小朋友发了一面小红旗。放学路上，儿子手持小红旗，一路高歌："国旗国旗真美丽……"回家后仍兴奋不已。

@2014.10.3

"你未看此花时，此花与汝同归于寂；你来看此花时，则此花颜色一时明白起来，便知此花不在你的心外。"

@2013.3.16

天使翅膀断了

儿子在1岁多有过一次高热惊厥，当时感冒未愈还在岳母怀中，全家人当时都吓坏了。我们虽听说过孩子高烧容易起惊（高热惊厥的俗语称谓），但现场目睹还是第一次。只见儿子面色和嘴唇乌青，头往后仰，眼珠上翻，任凭怎么叫唤也没反应。当时我们在县城，火速将儿子送到县中医院，后来在医生救治下也就好了。出院时，医生提醒我们，惊厥就怕持续时间长，大脑缺氧容易留下后遗症。而且惊厥发生过一次，就有可能发生第二次。叫我们一定要防止孩子感冒，因为感冒高烧极易诱发惊厥。

现在回想，儿子的那次惊厥极有可能就是脑结节性硬化症带来的癫痫发作。随着儿子服药量不断增加，体质每况愈下，感冒真是防不胜防。后来的日子里，感冒吃药打吊水成了家常便饭。看到儿子除一日三餐常规药外，还不时加吃三四种感冒消炎药，母亲和妹心疼不已，常常抱怨我和妻没有尽心尽力将儿子带好。我也万分地自责和内疚，可尽管倍加防范，感冒总还是不期而至。第二次惊厥，就这样毫无预兆地来了。

2014年11月16日下午，我们都在乡下老家。父母亲在厨房里忙活着，我在门前晒场陪儿子玩着皮球。儿子呵呵笑着，看我一次次地将球抛向空中又落下。我担心感冒未愈的儿子太过劳累，玩了一会儿便歇息了，儿子便由妻抱着在堂屋看电视。

才过几分钟，妻突然哭叫起来，快看，添添怎么了？

一家人顿时拥上前，母亲见状惊慌失措，吓得哭了。只见儿子又出现全身僵硬，面色青紫，眼睛上翻的现象。容不得半点犹豫，我抱起儿子上车，直奔邻村卫生室。

可我没想到的是，邻村卫生室急救药过期，镇卫生院又缺吸痰设备，两处耽搁已近一个小时，无奈只有转往县城医院。急救就是与时间赛跑，多一分钟延误，儿子便多一分危险。想到这里我心急如焚，车子在通往县城的崎岖山路上狂奔。

这次的惊厥发作，持续了两个多小时。经医生紧急处理后，直到夜里10点多钟才逐渐平稳下来。那一整晚，我在床边守着儿子，一下没合眼睛。

现在想来非常后悔，我没有将两次惊厥关联起来，引起高度重视。其实，一次比一次厉害的发作，已经对我们提出警醒。如果当时我没有心存侥幸，寄希望于年后二月份的北京复查，而是及时请求主治医生治疗的话，也许儿子的第三次惊厥就不会发生。出乎预料的意外，我百身莫赎。

进入2015年，儿子身体状况就一直不太好，感冒频发，是医院里的常客。我们一家为此都身心俱疲，心力交瘁。但不管我们是怎样地小心呵护，病魔还是又一次袭来。

那天早晨起床，才出院不久的儿子又有点轻微咳嗽，一家人神经再次高度紧张起来。考虑到儿子体质差，靠自身免疫力拖是拖不好的，还不如及时给药早点预防。我给儿子喂了感冒药和消炎药，第二天不放心又抱上医院让医生看了。医生检查后说问题不大，可继续服药。没想到的是，儿子当晚开始发烧，而且越来越厉害，即使第二天上医院吊水后，夜晚仍高烧40度持续不退。

那天夜里，儿子虽然发着高烧，但依然很乖，口渴时就找我要水喝，喝好后就主动躺下，一点儿也不哭闹。那一夜，先后用了两次退烧栓，儿子高烧依然没有降下。看着儿子呼吸急促，脸颊通红，我除了敷退热贴外，无法可想。

终于捱到天亮，2015年1月16日来了。这一天，整夜高烧不退的儿子像往常一样起得较早。洗漱过后，便是喝药。可那天的药，儿子喝得很艰难，强忍不住最后还是吐了。接下来的早餐自然没吃，儿子便饿着肚子开始了上午的吊水。一上午，儿子都偎在我怀里沉睡，精神很萎靡。两瓶水好不容易吊完，时间已是中午12点半左右。护士取走针头时，儿子也醒了，我们便开始收拾回家。

儿子醒来似乎感觉很不舒服，相当地不耐烦。回家后还没坐到沙发上，眼皮就耷拉了下来，不停地嚷着要睡觉。可这一觉并没有像往常一样在摇床里睡上一两个小时，儿子30分钟左右就醒了。绝没想到的是，就在这时候，第三次惊厥已如鬼魅般悄然扑向我的儿子。

儿子在摇床里先是轻哭了两声，声音很小，似是不太舒服。当时我以为儿子是因觉没睡足，就继续吟哦摇着摇床。可随后儿子就开始呕吐，等我手忙脚乱用纸巾擦拭好后，发现儿子眼睛在定定地看我，眼神却有些异样，随后可怕的症状又一次出现了。

仓促间，我和妻胡乱地给儿子套上衣服，母亲也扔下锅铲从厨房跑出来，一家人慌慌张张下楼上车，急奔县中医院而去。到了急救室，依然是熟识的操作，吸氧、吸痰、注射安定……儿子瞪大眼睛，紧咬牙关，全身间歇性抽搐。母亲和妻守候在床边惊慌失措，妹接到电话也从乡下急赶回城，一家人围在病床边难过地抽泣。平心而论，我当时虽然很着急，但心里似乎觉得有底，因为主治的查医生已是第三次收治我儿子了，我相信他有足够的诊疗经验，而且我们这次送诊也算及时。

可事情发展并不是想象的那样。两个小时过去了，儿子症状丝毫没有减轻。医生也开始有点着急，说没好的办法只有转院。我的内心终于惶恐起来。

救护车就这样在通往池城的公路上疾驰着，儿子躺在我的怀里。车进市区离医院大约还有5分钟路程时，儿子的抽搐突然停止了，紧咬的牙关一时间松开，脸色瞬时发黄，从此再也没有醒过来。儿子是在我怀里咽下最后一口气的。我当时还指望着市医院的急救，并不知道那是我最后一次抱儿子了。事后，我曾经问过随车打120的小姨妹，她推算儿子去世那一刻大概是下午3点10分多一点。想来也巧，儿子出生是下午3时12分，走时也恰逢这个时辰，莫不是冥冥中的天意巧合。

后来的日子，每每在电视上看到一些急救场面，我都不由得想起2015年1月16日的我儿子，心痛如绞，哽咽饮泣。那天，我的儿子就是这样躺在急救台上，嘴里插着氧气管，在这样腊月寒冬里，毛线和内衣已被剪开，那小小的胸膛上，儿子幼时做的手术伤疤依然清晰可辨，几个年轻医生不时换班按压着。这样的动作持续了一个多小时，监测仪上血压和心率曲线始终没有跳动起来，不祥的乌云渐渐笼上我们心头。

我恍若隔世，医生收拾器械的金属撞击声、护士来去匆匆的脚步声、一家人俯在手术台上哭唤的悲声，混在一起重重敲击着心弦，丝毫不感到疼痛，却反倒有片刻的松弛。我哭不出来，只是木然地做着下意识应该做的事：儿子的蓝色羽绒服还是敞的，该一粒粒扣上；这棕色球鞋别看有个小洞，那是儿子玩扭扭车时脚扫地拖的，可他爱穿，该套上……

儿子，幼儿园再也见不到你的身影，小朋友也欺负不到你了；你爱趴在地上玩那就趴着吧，爸再也不呵斥你了；你过去被爸的高声吓到过吗？爸该狠捶自己的头忏悔了。

儿子，你从不计较爸的过失，始终跟爸最亲，爸该怎样弥补才能回报？现在一切都晚了，你这次是真的不理爸了，爸真的好害怕！

儿子,你出生在这家医院,离开也在这家医院。但这里不是你的归宿,以后咱们再也不来了。

儿子,爸要带你回家!

……

生与死,尘世与天堂,距离其实就在转身间。这一转身,跨过虽是一步,距离已是遥遥,遥到望不穿,听不见,喊不回了。我的儿子,就这样转身就没回头,那一天他是粒米未进,穿着破鞋子出门的。

我恍若置身梦里,怎么也难以相信眼前的是现实:才在我怀里撒欢的娇儿,隔天如何就是老家后山的一堆新冢?想到往日我剃须时,最爱看儿子抢过剃须刀也装模作样地刮着下巴,那时我总想象着我老了、儿子大了的那一天是多么美妙。现在看来,那一天永远也等不到了。

时光在走,儿子也离我越来越远。那个世界也许是有无边的黑暗和凄清,胆小的儿子会不会哭?再也没有父母温暖的怀抱了,有的只是寂寞野林和呼啸山风。"停留是刹那,转身即天涯。"这一转身,我的心和我的爱支离破碎,浮生难有余欢了。

2015年1月18日,在周边村人帮忙下,一方小小的石碑立在儿子坟头,这是儿子在尘世定格的最后背影。儿子病逝后的二七,我挥泪口占两首诗文,以此永恒纪念我的爱儿。

其一,作于1月28日:

感儿伤怀

平生只似风吹沙,
时光难留半点暇。
泪飞犹念人转世,
尊前欢笑别人家。

其二,作于1月29日:

二七思儿

禹辰暗落夜深深,
堂前绕膝已旧闻。
梦中呼儿儿不应,
泪枕黄粱湿余生。

2015新年来了,我的儿子走了。繁花落尽,徒留寒枝。天使折翼在风中摇落，而你已在千里之外。天空有泪，大地总是潮湿。我失魂落魄，我茫然无措，剩下的世界只有春天的雪，夏天的冰……

生与死，尘世与天堂，距离其实就在转身间。这一转身，跨过虽是一步，距离已是遥遥，遥到望不穿，听不见，喊不回了。

@2012.3.25

难以忘怀过去时光

儿子刚走的那些天，一家人悲痛得无以复加，终日以泪洗面。往事历历在目，儿子的音容笑貌始终在脑海萦绕，挥之不去。虽然早已立春，但冬天并未走远，没有儿子的家显得异常的空荡和冷清。我和妻，还有年迈的父母整日呆坐在饭桌边的“火桶（皖南及湘西地区常见的御寒器具）”里，相顾无言懒得下地。女儿乖巧懂事，不时递茶倒水传递无声安慰，过后便是安静做着自己的寒假作业，想到小妹（老家习俗姐呼弟为妹）了就偷偷流泪。

妹总劝我要坚强些，说儿子走了，想也不能回头，日子还得朝前过，为了父母和女儿也不能沉沦。可我无法振作，就因为儿子生来有病，四年多的心血和爱怜几乎全花在他身上，外面的世界于我甚远。我一心一意躬身前行，总巴望着前方的路越走越宽。不曾想，命运还是给我们亮了红灯，所有梦想着的美好都离我呼啸而去，徒留我风中凌乱。终点又回到起点，我却是两手空空人过中年。

我说我不敢不想，我怕不想，儿子就真的丢了再也不能找回。写这段文字时，我恰好读到这样的诗句：

所有美好的都已美好过了
甚至夜夜来吊唁的蝶梦也冷了
是的，至少你还有虚无留存
你说。至少你已懂得什么是什么了
是的，没有一种笑是铁打的
甚至眼泪也不是……

我已读得《无常经》里的“不可爱”“不光泽”“不可念”了，可又如何悟得什么是什么呢？寻找还是放手，我依然两难。

王阳明说：“你未看此花时，此花与汝同归于寂；你来看此花时，则此花颜色一时明白起来，便知此花不在你的心外。”我与儿子本是前世今生两不相干，不知是万年修行还是千年回头，才成就今生我们做一世父子。

儿子在时，心花怒放，触目皆是悦色。如今繁花落尽，斯人已逝，那早上挥手说“再见”的人再也没有回来。心与世界俱已黯淡，唯有记忆的光亮还在时时温暖我……

我与儿子本是前世今生两不相干，不知是万年修行还是千年回头，才成就今生我们做一世父子。

@2014.8.17

爱爸爸

“宝是爱妈妈，还是爱爸爸？”儿子妈陪儿子睡觉前总爱逗儿子。

“爱爸爸！”儿子毫不犹豫。

“那宝是爱爸爸，还是爱妈妈？”儿子妈嫉妒，再问。

“爱妈妈！”儿子想也没想。

“宝到底是爱妈妈，还是爱爸爸？”儿子妈发现儿子对末句印象深，还是不甘心，调换了句式。

“爱妈妈！”儿子终于反应过来了，满足了儿子妈。接下来便关灯睡觉，再没纠缠。

儿子唱时，儿子爸和儿子妈伴男女和声。这样的场景，是我们每晚睡觉前的最爱。
@2014.10.18

《东方红》

《东方红》是儿子最拿手的歌，一岁多时就会唱，启蒙老师是儿子爸。

儿子妈常笑话儿子爸的破嗓子，说声如其人直来直去，一般不让轻易唱。儿子爸只得私下在儿子面前哼呀哈找自信。儿子听得多了也便会唱，不费吹灰之力就超过了儿子爸。唱起《东方红》来一波三折，婉转高亢，技压群雄。

儿子有时也耍大牌，不是让唱就唱的。一般是随性情一段三段不定，兴致来了常常会在电视机前表演你点我播，手舞足蹈。台下沙发上坐着的常常是一家老小，其乐融融地打着拍子应和。

看到孺子可教，儿子爸又教了《太阳最红，毛主席最亲》。儿子妈是伴教，负责结尾部分三弯九转的“啊……”后来儿子最感兴趣的还是这一部分，儿子唱时，儿子爸和儿子妈伴男女和声。这样的场景，是我们每晚睡觉前的最爱。

那时周末，我们经常开车去乡下看望父母亲。一路上心情轻松愉悦，我们总在车厢里飚歌，儿子也不甘落后，跟着一起“摇滚”,声嘶力竭地吼着。

可惜的是,教《草原之夜》长调“美丽的夜色多沉静……”时,儿子才学会第一句就走了。

这是儿子8个多月时常有的表情，常逗得我们开怀大笑。
@2010.11.27

做鬼脸

儿子蹒跚学步时，一段时间总爱做鬼脸逗我们开心。

也不知跟谁学的，嘟着嘴巴皱着鼻子用鼻孔吸气呼气，那模样真像小猪拱地，很俏皮滑稽，让人忍俊不禁。

那段时间，只要我们稍一逗他，儿子便立即配合表演起来，很敬业。儿子爸还为此留影存照了。

后来不知什么时候，无论怎么逗他，他再也不跟我们玩了。

儿子从不护嘴，自己享受美味的同时，也不时大方地送给我们吃。

@2013.3.9

儿子不小气

薯片是儿子的最爱。每到超市，儿子总抢着往购物篮里装薯片。我们担心“垃圾食品”不能多吃，又一盒盒地往外捡。儿子乖就乖在这里，对于我们的坚持往往也能妥协。

大多时候，我们心软，还是带上一盒回家。薯片大都由奶奶保管，儿子要时就抓出一点，剩下的再偷偷藏起来。桌上薯片虽然屈指可数，儿子却从不护嘴，自己享受美味的同时，也不时大方地送给我们吃，而且人人有份，一个也不落下。奶奶吃时，脸上菊纹绽放，心里乐开了花。

分发的薯片自然很快就吃完了，于是再要，好不容易到手了，儿子还是一如既往的大方。有时我们坚决不给，说“没有了”，儿子自然不会相信，就自己找。奶奶一般都是乘其不备时偷藏的，可儿子基本上一找就能找到。也真是服了。

除了薯片，儿子还爱吃“散子”(家乡一种时尚茶点小吃，用面粉揉捏后切丝油榨而成，外香里酥）。至于苹果、香蕉等水果类食品，儿子倒是无所谓，这也让我们头痛不已，伤透了脑筋。

儿子4周岁留影。那时候，我们去超市玩玩具，一天几趟。儿子笑逐颜开，呵呵大叫“真开心！”

@2014.3.6

玩弹珠

2014年，县城新开了一家超市，为吸引顾客，在进门大厅摆了两台游戏机。这种游戏机是需要先投币兑换弹珠才能玩的。由于县城只此一家，一亮相便深受小朋友喜爱。我的儿子也为此着迷，成了铁杆粉丝。

于是，我们一天几趟地频繁出入，玩到兴致高涨处，儿子笑逐颜开，呵呵大叫“真开心！”那是一种弹射游戏，需要借拉杆归位之力将弹珠射出。儿子每次玩时，姿势独特，但见双手紧握拉杆，两脚齐并，坠着屁股用力，弹珠射出去了，他往往是一屁股就坐跌到地下。于是常常出现这样状况，儿子盯着弹珠，儿子爸盯着儿子，都不敢有丝毫的马虎。

儿子的手气并不差，玩到只剩一粒弹珠的时候，常又能出人意料赢上一两局。看到游戏机口接二连三吐出大把弹珠时，我们父子俩都乐不可支。

所有梦想着的美好都离我呼啸而去，徒留我风中凌乱。终点又回到起点，我却是两手空空人过中年。

@2013.5.23

亲疏有别

有了儿子的这四年多里，家是儿子爸下班后最眷恋的地方。抱起儿子的那一刻，儿子爸心里无比充实，整个世界似乎也亮堂起来。

儿子与儿子爸似乎是真的有缘。每天下班进门，本来是奶奶陪着看电视的儿子，总会迫不及待地挣脱奶奶怀抱，张开双手，大声地喊着“爸爸”直扑而来。而儿子爸呢，总会一把抱起，开始亲热互动。

“今天乖不乖呀？”

“乖！”儿子甜甜地答。

“那咱们看电视好不好？”

“好！”儿子总用重重的语气，透露着欢欣。

儿子爸回家后，奶奶就“倍受冷落”了。儿子一遍遍奶声奶气催促着“奶奶，走！”，生怕奶奶抢了他去。奶奶说，儿子很调皮古怪的，儿子爸不在家时，主动哄着奶奶不知怎么地要好。

看到儿子对儿子爸的热情，儿子妈似乎有点小失落。儿子妈回家时，儿子高兴时亲亲热热喊一声算是最高奖赏了，通常是扭头扫一眼又继续看他的电视。

“宝宝，妈妈回家了。”

“宝宝，怎么不理妈妈呀？”

尽管儿子妈怎么示好，儿子都很淡定。儿子妈虽然无趣，但也不得不凑到儿子面前献殷勤。

儿子最爱在电视和电脑上识汉字。

@2014.9.7

电视识字

那时我们还在一楼一底的旧屋里生活。每天晚上洗漱过后，我们便上楼陪儿子在床上疯玩，如扮老虎、骑大马、钻山洞等。

儿子体质弱，时间玩得稍长就会出汗。我们担心他感冒，中间便穿插识字、唱歌游戏等间隔。日又一日，如此反复，别说儿子，就是我们也觉得没有新意。有一次，儿子妈下班带回一张《巧虎》DVD，这张碟片是促销光盘，集合了巧虎幼幼、宝宝等不同成长期的幼教内容。没想到，儿子看一次就上瘾了，从此成为超级巧虎迷。这张光盘，儿子足足看了个把月，每晚一遍遍地重复播放，儿子始终端坐在床上，一动不动，神情格外专注。

看到儿子如此喜爱《巧虎》，儿子爸兴致勃勃在网上订购了全套光盘。这下儿子看起来更加带劲。可以说，儿子幼小时好的行为习惯养成，特别是上学前认识的200多个汉字，基本上都是在《巧虎》里学的。

“日、月、水、火、土……”

“林、草、花、开、问、叫、吃……”

两岁多以后，儿子几乎每天都乐此不疲地报听写给儿子爸，念字顺序从来不乱，那些年儿子爸至少写了几千遍。有时候，儿子爸也倒过来考验儿子，将字打乱顺序写在纸上让他认，这也难不倒儿子。看到儿子肚子里还真有货，儿子爸心里美滋滋的。

儿子走之前，已能自己握笔歪歪扭扭地写“电”和“春”了。

那一刻我是真的醉了，真的醉在我的理想国里，幻想着将来总有那么一天，我老了，儿子大了。

@2013.11.2

附录　禹辰年谱

2010年

三月

20日　池州市医院,儿子出生。

22日　上海儿童医学中心,心脏彩超检查。

25日　上海儿童医学中心,心脏MRI检查。

四月

1日　上海,心脏横纹肌瘤切除手术,4月19日出院。

七月

28日　上海儿童医学中心,心脏彩超复查。

2011年

五月

10日　池州市医院，心脏彩超复查。

九月

28日　安徽省立医院，点头样抽搐求诊，10月5日出院。

29日　安徽省立医院，视频脑电图检查。

30日　安徽省立医院，血生化、血常规、心脏彩超、头颅MR磁共振平扫检查。

十月

2日　安徽省立医院，腹部B超、脑脊液常规+生化检查。

3日　安徽省立医院，病毒及支原体抗体检查。

4日　安徽省立医院，头颅MR：增强+DWI+Flair检查。

2012年

五月

7日　南京儿童医院，确诊癫痫。

13日　石台县医院，血生化、血常规复查。

六月

17日　石台县医院，血生化复查。

七月

29日　石台县医院，血生化、血常规复查。

2013年

一月

21日　石台县中医院，血生化、血常规复查。

十一月

8日　石台县医院，血生化、血常规复查。

2014年

三月

31日　南京儿童医院,脑CT,确诊脑结节性硬化症。

四月

1日　南京儿童医院,脑电图、血常规检查。

16日　南京儿童医院,心脏彩超,MRI,腹部B超检查。

17日　南京儿童医院,视频脑电图检查。

22日　北京301医院,挂号。

23日　北京301医院,儿童气质、体格测试。

七月

21日　石台县医院,心脏彩超复查。

22日　石台县医院,脑电图复查。

27日　石台县医院,血生化复查。

30 日　北京 301 医院，雷帕霉素血药浓度检测。

九月

1 日　成诚幼儿园上学。

十一月

16 日　石台县中医院，第二次惊厥，21 日出院。

2015年

一月

16日　池州市医院，第三次惊厥，儿子病逝。

2015 新年来了，我的儿子走了。天空有泪，大地总是潮湿。

@2014.5.25

后 记

这注定是一篇冗长的后记。

书稿二次修改时，知识产权出版社李编辑联系我，建议我充实点内容进去。我有想过，但几番考虑后还是放弃了，回复的理由大致是因为不是个人文集，加入一些风马牛不相及的内容似乎显得不伦不类，有淡化主题之嫌，毕竟这只是为纪念儿殇而成的文字。

昔有诗云："人生代代无穷已，江月年年只相似。"在自然界面前，人或许是真的渺小到微不足道。时光啊，不仅磨人而且无情，人的本体逃不过如此，何况人的念想。无论多么执着，却敌不过岁月潮水的洗刷，最终所有尘世记忆也会慢慢模糊直至本体湮灭的。因此，我才愿意有一些只为儿子而写的文字，单单纯纯的主题，寄托悠悠长长的哀思。于儿子，是印迹；于我，是怀想。哪怕将来我也不在这个世间了，我会欢欣这本书又成了我们父子共同的印迹,想想亦觉美好。

其实,我另有一个缘由没有示人,那就是缘于我本能的回避,最终没有勇气继续了。鲁迅曾说过:“悲剧是把有价值的东西毁灭给人看”。直面属于我的悲剧毁灭过程是需要勇气的。当初儿子刚走不久,写此书时正值我无法接受现实,终日以泪洗面,心在滴血。昨是今非,无处话凄凉的个中况味,常人是很难感同身受的。我本能回避着第二次直面,这也便是此篇《后记》事隔数月才姗姗来迟开篇的由来。

我常咀嚼一句话:强者不是没有眼泪,而是带着眼泪奔跑的人。审视自身,我惭愧,我是一个懦弱的强者。在现实的无情摧残和打击下,理智上我知道我不能倒下,因为生活还得继续。年迈的父母和未成年的女儿离不开我,妻也视我为心灵依靠,于内我除强打精神扮作强者外别无选择;我也同样知道,社会上没有谁始终将你的苦与痛“慨当以慷,忧思难忘”,除却一时间的同情和怜惜外,都有各自的操心和奔波。你又何必学做“祥林嫂”,长此苦痛示人而召人由怜生厌?人生的有些苦果是需要独自吞咽的,谁也帮不了你,自身只能为自身救赎!这也因此于外,我更得强打精神扮作强者!但我回避不了夜深人静独处时真实的自己,一个被生活摔打得心身俱伤、无边落寞的自己始终站在你的对面,那一刻时光在走,我依然呆立原地。

我至今仍没有勇气去往日儿子经常玩耍之处,当初越是开心之地,现在越是触景生情戳得心痛,成诚幼儿园、东柱购物中心、东方红广场等如今早已成为我伤心之地，睹物思人，暗自泪奔。我仍时时刻刻疯狂想念着我的儿子，纠结于过去一点一滴待儿子不周之处，痛着并悔着，悔着又痛着。儿子最后一次病情发作在市医院抢救时的情景，带着儿子渐冷的身体驾车回老家的情景，一家人围着躺在箩匾里的儿子哀号的情景，仍历历在目如在昨日，一路想来如鲠在喉，心犹滴血。念想到极致时，却又明白无力回天，有时也便无来由地心生侥幸，自问这是不是一场噩梦？我真的好想好想，这是一场长长噩梦！盼着一觉醒来，能暗自庆幸虚惊一场后的柳暗花明，欢呼雀跃迟来的小确幸！我也曾无数次祈祷上苍怜悯，既然尘世中阴阳已隔，就让我在梦中多见见我的儿子吧。远离父母的日子里，你是胖了还是瘦了？孤孤单单的一个人是否懂得照顾好自己？

我本是无神论者，但我执着相信我们父子间还是有心灵感应的。儿子走后的日子里，还真有几次梦到父子重逢。恍惚是过去的时光，依旧的欢乐，梦里没有悲伤，真好！每次惊醒，我便努力回忆着每一个细节想用心地记住，可待天明时却又模糊了。我知道，我的儿子又走了。

一次，李编辑与我联系书稿事宜时曾顺带关切地问候过我，最近好吗？我回好。想想也是真的好，时光流水，波澜不惊，除却心情。时下，日历已翻到2015年8月10日，我的心情黯然，一如既往。是夜，思不能寐，辗转反侧，心突有所动，一时间起身找着手机查阅，才知今天是农历七月二十六，我儿忌辰。我的儿子，已离开我整整7个月了！

我坚信是儿子冥冥中召唤，便再无睡意，披衣起坐，写就上述文字时已是翌日凌晨四时。想是算作后记，终得圆满。这既为纪念儿子忌辰，也是在告慰儿子你不孤寂，我们父子生生世世永在一起！

最后，借此机会感谢为我儿子这一路走来付出过爱心的所有人，无论过去、现在还是将来，我代儿子心存感恩，铭记永志。

是为记。

江东风

2015年8月11日凌晨

谨以此书纪念我的儿子

尘世，你也来过

江禹辰

（2010.3.20—2015.1.16）

儿子在时，心花怒放，触目皆是悦色，
如今繁花落尽，斯人已逝。
那早上挥手说“再见”的人再也没有回来，
心与世界俱已黯淡。
唯有记忆的光亮还在时时温暖我。

新年全家福
@2011.2.3